一棵树的森林
——林斤澜谈汪曾祺

林斤澜 著
陈武 选编

中国书籍出版社

图书在版编目（CIP）数据

一棵树的森林：林斤澜谈汪曾祺 / 林斤澜著；陈武选编 . -- 北京：中国书籍出版社，2020.4
ISBN 978-7-5068-7751-0

Ⅰ.①一… Ⅱ.①林… ②陈… Ⅲ.①汪曾祺（1920-1997）— 文学研究 — 文集 Ⅳ.① I206.7-53

中国版本图书馆 CIP 数据核字 (2019) 第 292885 号

一棵树的森林：林斤澜谈汪曾祺

林斤澜 著 陈武 选编

图书策划	成晓春 崔付建
责任编辑	成晓春
责任印制	孙马飞 马 芝
出版发行	中国书籍出版社
地 址	北京市丰台区三路居路 97 号（邮编：100073）
电 话	（010）52257143（总编室）（010）52257140（发行部）
电子邮箱	eo@chinabp.com.cn
经 销	全国新华书店
印 刷	三河市华东印刷有限公司
开 本	650 毫米 ×940 毫米 1/16
字 数	210 千字
印 张	13.5
版 次	2021 年 1 月第 1 版　　2021 年 1 月第 1 次印刷
书 号	ISBN 978-7-5068-7751-0
定 价	48.00 元

版权所有　翻印必究

目　录
CONTENTS

小说要靠感情
　　——在鲁迅文学院谈创作　　// 001
真与假　　// 021
虚　实　　// 025
社会性·小说技巧　　// 033
先把散文写好　　// 043
呼唤新艺术
　　——北京短篇小说讨论会上的发言　　// 046
风情可恶　　// 049
"若即若离""我行我素"
　　——《汪曾祺全集》出版前言　　// 051

短和完整	// 064
点评《陈小手》	// 067
拳　拳	// 072
与《北京文学》谈汪曾祺	// 077
注一个"淡"字	
——读汪曾祺《七十书怀》	// 081
早　春	// 089
纪终年	// 099
《纪终年》补	// 111
汪曾祺：一棵树的森林	// 125
嫩绿淡黄	// 127
旧人新时期	// 131
后　记	// 137
附　录：	
受　戒	// 150
大淖记事	// 174
林斤澜的矮凳桥	// 198

小说要靠感情[1]
——在鲁迅文学院谈创作

我今天与同志们就文学创作问题进行感想式的漫谈，也就是我对于小说创作的一些感受。这不同于学者、教授的那种讲授，而是与同志们一起就创作问题进行商讨。

我曾到鲁迅文学院讲过几次课，许多著名作家都曾到这里讲过课。许多同志都感到要达到很好的讲授效果是不容易的，其中原因之一就是我们的学员都是具有较高的创作水平，具有较高的创作表现和成果的同志，许多同学是充满着创作激情，或者说是带有一种文学青年所特有的"狂"的创作气质，这种"狂"的创作气质在我们那一代青年作家，即在建国初期、五十年代的一批青年作家身上也曾表现出来。随着时间的磨砺和淘汰，那一代的

---

[1] 本文为作者1986年在中国作家协会鲁迅文学院讲话的录音整理稿。原题目《林斤澜同志谈创作》。

作家创作气质已经有了变化。文学创作事业是一种艰难的和发展的事业，它的淘汰和变化也是无情和巨大的。对于作家的创作来说，除了政治的历史原因外，也有文学创作发展自身的原因。

今天我就小说创作中的情节问题谈一些感想。小说创作有几个要素，或者是说手段。小说创作需要哪些手段或因素。小说创作的要素包括语言、主题、情节，这是高尔基所讲的，也有加上人物，为四个要素。近年来，有的理论家又把生活阅历、读书及修养等方面纳入到创作要素之中。不论三要素、四要素乃至七要素，"情节"无疑是小说创作的要素之一，"情节"在创作中是至关重要的。我结合自己的创作实际，谈一谈对于小说中"情节"要素的思考。

我所写的作品读者面是较小的，对于我的作品的欣赏性与评价也是不同的。我自己是深知我的作品并不是被广泛欣赏的，许多人是不读或不喜欢我所写的作品的。我开始写小说时并不大重视情节，在五十年代，文学创作的指导思想是明确地为政治服务的，为当时的各项运动服务的，比如农业合作化运动中作家就要下乡到农村，创作这样题材的作品。也曾出现了里程碑式的作品，比如，赵树理的《三里湾》、周立波的《山乡巨变》、柳青的《创业史》、浩然的《艳阳天》，以及李准的、马烽的作品。写这类题材的作品，情节是重要的，由情节发展来反映农民是怎样走上农业合作化道路。又根据阶级分析决定人物关系，这其中有积极的农民典型人物，有犹豫观望的中间农民，也有反对破坏的敌对势力。这些人物的关系在各自的作品中是雷同的，这种人物的雷同原因是因为不可能脱离当时阶级分析的观点，人物关系和阶级分析相结构的，以至结构出一个故事情节。

我在五十年代创作的作品是不大重视故事情节，对于这个问题我当时是缺乏理性思考的。对于情节的认识按说是应当明确的，可我存在着一种朴素的想法，就是我认为，生活中的现象并非那么戏剧性，有那么非常戏剧性的结构。对于情节的认识有一个逐渐深化的过程，我开始认识到情节即是小说的节奏，没有情节就没有节奏。如果情节发展得太慢，就是节奏慢，我们现在读小说也有这个感觉。现在读者爱读的是节奏快的小说。音乐舞蹈的节奏快慢是由声音、动作节拍决定的，是明显的。而小说的节奏快慢是要看情节的进展，（当然，这种观点是诸多观点之一）情节的进展快、变化快就是节奏快，反之，情节的进展慢、变化慢，就是节奏慢。由此看来，情节是决定着小说的节奏。

关于情节还有一句格言，即情节是性格发展的历史。小说要塑造典型性格成为创作中的一条指导思想。情节是性格发展的历史，没有情节，人物就是平面的，没有发展的历史。从这个观点上看，情节就显得十分重要，它关系到小说的最高任务。有的人写文章认为一篇好作品应具有好主题、好人物、好故事。由此，我在创作中开始注重情节的描写。当然，我也听到一些反对情节说的意见，其中之一就是，小说创作太重视情节，就使小说的情调不高了。有一种小说被称之为"情节小说"，即它主要靠情节描写，大起大落、变化莫测的情节。

　　世界文学名著中有些小说是依靠情节描写的，但有些人认为这一些作品不是第一流的作品，比方说《基督山恩仇记》，情节上大起大落。虽然承认它是文学名著，被广泛阅读，但认为它的格调不高，很难说是第一流水平的作品，长篇小说如此，短篇小说中也有这类看法。短篇小说大家为俄罗斯的契诃夫、法国的莫泊桑、美国的欧·亨利。契诃夫为短篇小说创作大家是无可争议的，对于莫泊桑则即公认为短篇小说大家，同时也有褒贬。而对于欧·亨利就有争议，我看美国文学史上对他的评价是相当高的，世界文学史对欧·亨利是有争议的。我认为，欧·亨利之成为大家是具备了几个方面：他是现实主义的作家，他的创作在美国仅二百年的历史中，体现出了欧洲国家几百年的文学历程。当时，既兴起现实主义，又兴起浪漫主义，在现实主义兴起中，欧·亨利是奠基人之一，这是他一大功劳。欧·亨利把幽默带进了小说创作，他在短篇小说这种独立艺术形式上是起到了完成这个形式的作用，他写出了比较规范的短篇小说。他完成短篇小说这个艺术形式主要是在情节上，欧·亨利在这方面是下了大功夫，一个短篇有那么多姿多态的情节。

　　现在短篇小说创作还流行欧·亨利式的结尾。短篇小说结尾很重要，它与长篇小说不同，短篇小说的一起一收很重要，长篇小说可以慢慢地起笔、缓缓地起笔，收尾也可以缓慢的，可短篇则不然。许多长篇小说的结尾往往出现稀稀拉拉、拖沓的现象，这类情况在一些长篇中表现得较明显。而欧·亨利在他的创作中是注意到这个方面、并且是下了大功夫的。有些对欧·亨利的作品评价不高的人就认为：欧·亨利的功劳在此方面，同时，他吃亏也在此方面。认为欧·亨利的小说太注重情节了，认为格调不高。

有人把契诃夫与莫泊桑作比较，契诃夫的作品是不大讲究情节的，他自己就曾说过：他的小说不但是不讲究情节，而且他反对戏剧化的情节、戏剧性的情节。他自己写作品避免戏剧性的情节，就是有一个现成的戏剧性的东西，他都丢下不要。他是有自己的艺术主张和艺术追求的。而莫泊桑的作品故事情节是占比较重要的位置，莫泊桑的代表作都是故事情节很完整的。莫泊桑的代表作是哪一篇呢？假若要选一篇的话，那必定是《项链》，选两篇的话，那显然还有《羊脂球》。我看了许多选本，都是选了《项链》为莫泊桑的代表作。《项链》这篇小说当然是以故事取胜，我认为这篇小说的故事情节是编得绝妙极了。有的人也就从这个方面说：短篇小说的大家相比，契诃夫数一的，莫泊桑数二的，为什么呢？就是因为莫泊桑的作品还是靠故事。欧·亨利的作品是注重情节的，特别是在结尾上下了功夫，写出了别的作家未能写出的结尾情节，但跌也跌在这个方面。持这个论点的人，与我上面讲到的持那个论点的人就不同了。他们认为，情节是小说创作的手段，但是情节搞多了，那就是格调不高。

对情节还有一个说法，特别是针对戏剧性情节，搞情节有时要走到戏剧性上。所谓戏剧性，就是故事的发生、一步步走向高潮，在高潮中有悬念、有铺垫，通过悬念及铺垫然后达到高潮，在高潮中矛盾纠葛在一起，诸多的矛盾经过铺垫、经过悬念，搅到一起。尔后，就要解决矛盾，搅到一起的矛盾散开，小说到此也就结束了。认为结尾结得好的，打比方说，就如同一扇大窗子，窗门打开了，外面的大风吹进来了，把屋子的东西都吹了，风一吹，把矛盾都吹散开了，干脆利落地把矛盾都解决了。重视情节好像是必然会走上戏剧性的结构。有一个论点说，戏剧性结构会把真事都写假了。小说不是要追求真实吗？小说要反映真实的生活，如果不真实，写假的话，那么就使人不相信，不能使人感动。那么，戏剧性结构就会把小说写假了，因为生活里并不是这样，不是两个矛盾，正确的与不正确的、先进的与落后的，或者是开放的与保守的，那么显然地对立着，相互纠缠着，到达矛盾高潮时，又那么一下子解决了。生活中并不完全是这样的，情节搞得过分了，搞戏剧性情节就易把小说写假了，把真事反而写假了。

有人说，戏剧与小说是两种不同的艺术，有些东西在舞台上看是真实的，但在小说里就不真实，在小说中没法写，有些细节在小说中就没法采用，在舞台上很有效果。有人举例说，《梁山伯与祝英台》各种剧种的表演都有，梁山伯与祝英台同窗十年，就没有发现祝英台是女性，这在舞台上，观众都是相信的，可小说描写就难以使人置信，同窗十年，不知对方是女性，这里许多细节是难以想象、难于表现的。而在戏剧中是有一个动作，就是过去女子缠脚，祝英台女扮男装，就要穿男人的靴子，穿男人的靴子前面就要空一大截子。梁山伯从这一细微之处，朦胧地有一种异样的感觉，他就有意识地找机会，比如，在一起吃饭时故意把筷子掉在地上，借拾筷子的机会。有意摸了一下祝英台的靴子，来验证祝英台是大脚还是小脚。舞台上有这么一个动作表现，这么一摸，观众哗然大笑，它所达到的艺术效果是很好的。可在小说中这个细节动作描写就很难，如果把这种形体动作写进小说，反而显得假了。难道要区别男子还是女子非要摸靴子才明白不可吗？这种细节在小说中没法写。这还是雅一点的细节，那么，有些舞台上难以用形体神态表达的细节，在小说中就更难以描写了。同窗十年，并非我们今日的大学，几千学生，而是私塾，仅有的几个学生在一起读书，相互不识，很难让人相信，可在戏剧舞台上，就能使观众相信。舞台形体表演与小说的语言描写毕竟是有所不同的，艺术的效果是有差异的，反对故事情节的戏剧化也有它的道理，就是过于追求故事情节的戏剧化，就容易导致虚假。

　　上面我所谈到的是我在学习写作当中接触到的有关情节问题，因为我自己不注重情节，当时是含糊不清的，后来，接触到一些人对情节重视的艺术主张，也接触到反对注重情节的艺术主张，同时随着我的创作实践，就形成了对于小说创作情节及情节戏剧性问题的一些认识。

　　现在，文学创作进入到一个新的时期，文学创作空前活跃，空前繁荣。我个人的创作活动由于十年动乱，被耽误了许多年，这是无法弥补的，"文革"开始，我年龄才四十出头，而到粉碎"四人帮"之后，我已经五十多岁了，失掉的十余年时间，正应当是我创作的最好时期。文学创作工作者不同于运动员，不同于其他职业，四十多岁正值最好的年华，没有能够写作就荒废过去了，不能不算是很大的损失。在放下笔达十二年之后，对于是否再进行小说创作，我是有所思考的，我也征求了一些朋友的意见。当然，意见是多方面的、是不同的，有的是劝阻、有顾虑的，有的是鼓励、赞成的，经过我犹豫和思考，最后，还是重新拿起笔。

在重新拿起笔进行小说创作时，我对于小说创作是有所思考的，我感到对小说创作的要素（或者说因素）来说，我觉得情节这方面不能忽视。这个手段是便宜，当然，"便宜"这个词汇不是理论语言，完全是一种感想式的比喻的话。我们在看电视片时，也常常不免有这种感受：一部电视剧往往是靠一些情节紧紧地扣住观众。当然，一部电视片里有诸多艺术性吸引观众的，这其中情节的因素是很重要的一个方面，也是一些电视片得以吸引观众的一个有效的因素。因此，从这个意义上说，是一个"便宜"的手法。

过去的说书场，更是以故事情节的起承跌浮、惊奇险恶来紧紧扣住听众的心弦，让人听了上段惦记着下段。一部《三国演义》要说上几个月时间，说书越是说到节骨眼上越是不往下说，越是遇到大起大伏的关键情景时就越要转换，给听众极大的悬念，这些正是依靠故事情节这个因素的作用来达到某种艺术感染力和效果。比如，"石秀劫法场"一节，往往要经过三四天的周旋；武松打虎在《水浒》原本中并没有更多的描写，可到了说书人那里，情节可就丰富极了，正是由于情节的扩展，更加使武松这个人物形象生龙活脱，增强了艺术表现力，紧紧地扣住听众。

当前，一些改革题材的电视剧，主题意图是很明确的，是要表现改革中新旧事物的矛盾、不同观念的斗争。而剧中要表现这个主题，往往加上主人公某些生活境遇或爱情纠葛，并借此情节展开，而这些情节往往能很有效地吸引住观众。武侠小说更是以情节取胜，以情节变幻来吸引住读者，所以，我们也不要轻视武侠小说在情节描写上的艺术力。现在，琼瑶的作品有很大的读者群，特别是在少女和青年女子中读琼瑶作品的很多。据说，前一段时间兴起的"琼瑶热"近来有所减弱。我所住的楼房开电梯的姑娘们都是捧着琼瑶的作品看，吸引力很大，琼瑶的作品可以进入到电梯间，而我的作品肯定是进入不了电梯间的，开电梯的姑娘们因为认识我，有时看到我的作品也就想看一看，可是，她们却感到看不懂，对她们产生不了吸引力。当然，这是无妨的，因为我是深知我的作品是绝对进入不了电梯间的。金庸的作品为什么拥有那么多读者，金庸的武侠小说不但是一般的市民看，就是文艺界中很有修养的同志也在看，当作一种消遣来读。金庸的武侠小说也正是以情节来吸引读者的，是一种拴住读者很有力的手法。小说创作使用了情节的手段，一般都能取得效果，因此，我就说，使用情节是一个便宜的手段。况且，运用情节这个手段又是不难以掌握的。为什么轻易地把这么多有效的手段放弃了呢。我们现在有的长篇小说我觉得很可惜,可惜什么呢?就是可惜有的长篇缺乏情节,如果丰富了情节,就会使整个作品更吸引读者,会赢得更多的读者。这完全是忠言,是积我创作经验之谈,绝非有任何贬低他人作品之意。

那么,我自己的创作又依照怎样的路子写呢?我谈一谈自己的考虑。

我觉得,情节这个手段有很多好处,正如上面所指出的那些。现在,小说的表现手段是多种多样的,有散文化的,有诗小说、心理小说,等等,这种小说一般都不重视故事情节。我自己没有搞情节小说,今后也不准备走这条路,我是考虑不要很轻易地把这个手段丢下。过去我放弃它,是在糊里糊涂的、没有很明确认识的情况下放弃的,没有看出这个手段的妙处。当你放弃一个很有效的创作手段时,你应该同时也能够拿出一个很有力的创作手段,运用到自己的创作中,不然,白白地放弃了一个有效的手段。散文化小说在创作实践中取得了一定的成就,所谓小说创作的散文化,就是把情节打碎了。散文与小说的区别是什么呢?其中有一条,即是散文没有一个完整的故事情节,散文的创作是不要求这一点的。小说散文化,即是打破情节,特别是戏剧性情节。小说散文化对于戏剧性情节是要躲避的,正如契诃夫所指出的要"躲"。散文不一定有故事情节、有人物,那么,散文有什么呢?从理论上讲,是要具有美学要求、要有散文独特的美学要求。所谓散文化,不是表面上不要故事情节,不要人物,而是要把散文独特的美学要求糅合到小说形式之中。对于散文的审美观，作者、读者心里都有一杆"秤"，我对于散文的审美要求是抒情，散文是抒发感情。我不能像理论家那样全面地阐述散文的美学要求，我仅从我的直感上谈这个问题，如果散文抒发的不是真情、激情的话，那么就失掉或降低了它的价值。散文没有人物、没有情节，如果再没有抒发某种情感的话，就很难想象这样的散文是什么了。我觉得，散文的审美要求就是抒发感情。散文化小说并不在于形式上多么散，而在于是否表现了情感，达到了散文化小说的审美要求。

现在有些小说还是在走情节的路子，有大起大落、变化多端的情节。这一类创作手法的小说有的写得很好，如果表现很好的主题，那么，也是可以赢得广泛的读者。特别是年轻的同志，不要很轻易地放弃这种艺术表现手段。但是，为什么目前又有些小说创作不重视故事情节呢？谈谈我的考虑：

第一，小说创作的源泉总应该是生活，完全没有生活源泉的小说很难说是什么样的。不同的作者对于生活的观察和理解不同，反映到小说创作中也是不同的。尽管小说中的反映是不相同的，但它毕竟是源于生活的。我感觉生活并不是那么故事完整，那么富于戏剧性。现在有人把小说说成是"时间的艺术"，这也有其中的道理。本来"时间的艺术"是指音乐，"空间的艺术"是指美术、雕塑。小说所表现的也是一种接连的现象，而生活中有时并非这样。生活中同一空间、同一时间内会发生各种不同的事情，同一时空内各种人物也会产生不同的意识流动。完全把这种现象表现出来是不可能的，就是写其中一部分，也是多线头的。有人说这种现象是"网络式"的，或者是"立体式"的，以至用物理学上的"磁场"来解说，等等。而小说这种艺术形式则必须要由一条线来限制，不能说哪种艺术形式是不由一定的方式限制的，音乐、舞蹈、美术统统都有它一定的限制。文学是通过语言文字表达的艺术形式，它有一个很大的限制，就是语言文字，它必须借由语言一句句地说下去，即使是纷杂的对话也必须由一句话一句话地写出来，不可能由别的什么形式表现传达出来。那么，再加上事物发生的起由、事物发展的过程，就更错综复杂、更网络更具体了。因此，小说创作限定因果地编造戏剧性是不行的，这样不足以反映生活的真实。而对着生活如此"网络""立体"的现象，如何加以反映呢？有些作家就冲破故事情节的线序发展。如果是这样，我是赞同的，线序的故事情节结构不足以表达时，采用别的形式是可以的。但丢开情节形式，需要用其他的补充上去。

前些天，在京郊昌平召开了一个关于我的"矮凳桥"系列小说作品讨论会。讨论会的召集者开始曾顾虑对于林斤澜那种较"冷门"和"怪味"的小说，是否能够引起与会者兴趣和认识，可讨论会开得很热烈，有几个很精彩的发言。汪曾祺与我是相知很深的，他是我的老朋友，也是长我一辈的著名作家。他本来是作家，并不是搞评论的，但他要写一篇文章评论我的"矮凳桥"系列小说。

一篇小说要给读者一些感受，你在小说中可以不搞情节，这是容易办到的，如果，在小说创作中不准备写典型人物，这就较难办了。五十年代以来文学的美学指导思想就是典型问题、典型人物的典型性格。我们现在有些小说不注意这个问题了，这个问题涉及的比是否有故事情节要重大得多。这里我不展开谈这个问题了，因为这又是一个很专门的问题了。现在，有些小说不要故事情节，也不要典型性，那么，你的小说给读者什么呢？我觉得，这类小说给人的是一种感觉、感情、感悟、感受，一种不同程受倾向的感觉、感情、感悟。如果说，你的小说从这一点上专的话，还必须打破小说的线性结构，不然就无法搞。有的小说着重地写在生活中的感觉。感觉是所有人共有的，如果仅写到了共有的一般性的感觉则是不够的。如果有较多的情节在其中，那么，有一般的感觉是可以的；但如果没有情节，而又拿不出特殊的感觉，仅是一般感觉，就不行了。所以，靠感觉来写的话，必须找到独特的感觉来写。而我觉得，感觉如果写得极独特的话，必然要走到变形、变态上去。卡夫卡的《变形记》就是十分变形，那种对生活的感觉表现得很独特，他只有用很变形的感觉来表现他独特的东西，他如果不采用人变成甲虫这种很变形的写法，他的独特的孤独感情就写不出来。但瞎变也不行，这在我们接触到的个别作者的来稿中表现出来，他的基础是一种独特的人生感觉。比方说，当人们第一次发现自己出现白发时，从心理上不免要有一种感觉，感到自己的年龄开始转到一个新的阶段，这本来是很普遍的感觉。

可有人把头上落的第一把白发写得哗哗响，很惊奇，超出了一般人的心理感受就可以是变形的了。这种变形的描写往往引不起共鸣，也不能让读者接受。所以，凭感觉写作，必须寻找非常独特的感觉。那么，这种寻求到后来就要走到变形、变态上。有人主张说，文学就是变态的，如果是正态的就没有好写的了，他认为，世界名著中许多都是表现变态的。阿Q的形象也可以说是变态了的，因为阿Q秃头，结果连灯啊、亮啊都不准说，一说，阿Q就恼了。

  一个作者如果要循着感觉手段来写小说，就必须善于发现对于生活和人生独到的感觉。汪曾祺曾到这里讲过关于作家气质的问题，作家的气质是很重要的，而善于发现自己的气质对于创作也是十分重要的。作家各自的气质是不同的，这同作家自身的艺术修养、生活经历等等是相联系的。善于发现自己的气质，也不是那么容易的。湖南有位新起的女作家叫残雪，她的一篇代表作叫《山上的小屋》。她就写出了一种独特的感觉。《山上的小屋》描写一个人整理抽屉，整理了几回，可总是整理不好，他觉得后山上有个小屋，可不知怎么上去，后来，有一天似梦非梦地上了小屋，下来后也似梦非梦的不知真有小屋没有。很多特殊的感觉构成她的小说。对于她的小说，看法不一、评论很不同。湖南有位同志告诉我，你要读残雪的小说，要先了解作者的情况，了解到作者的生活经历，了解了作者的生活经历就容易理解她的小说了。这个作者的生活是经历磨难的，她在另一篇作品中曾写到在三年困难时期，她的奶奶浮肿得很厉害，她用"气枕"就是作者很独特的感觉。读者要了解作者由于特殊的环境、特殊的经历造成了作者特殊的感觉，所以才有这种小说。小说创作可以创造情节，而小说创作中的感觉则不是可以勉强编造的，它需要有形成这种感觉的因素，由这种因素产生出的感觉。没有气质是无法编造某种感觉的，而感觉又依靠某种特殊的经历产生的，这是不可勉强的。变形是一种独特的感觉，瞎变是不行的。

小说创作中还有一些是靠感情。我认为，好的散文化小说家，主要是靠感情。这种感情表现也不是一般化的。散文化小说写得好的有许多人，其中在老作家中汪曾祺可以算为一名，他的小说确实是散文化、具有散文美。他自己是主张散文化的，汪曾祺的作品是拥有广大读者的，有些读者甚至是到了崇拜的地步，迷上了汪曾祺的作品。有位山西的读者，他认为小说写到像汪曾祺所表现的那样，艺术表现就算是纯熟了。当然，文学欣赏是会完全不同的，这完全是正常现象，有些读者崇拜汪曾祺的作品，而有些读者则不以为然。对文学作品的欣赏要求完全一致是根本不行的。这种欣赏的不同，也正是由读者不同的气质决定的。在这个意义上说，不同作者的不同气质的作品，会拥有不同的读者，评价文学作品也就不能仅以读者的多少来决定。汪曾祺的散文化小说写得是很好的，我是很喜欢读、很佩服的。

汪曾祺近年来创作了许多小说，其中有《受戒》。这篇小说中确有小和尚恋爱的情节，可是，在小说中不是以恋爱这条线来发展，写得很散，散到把表面看来与整个小说所表现的事物无关的人物也写出来。比如，小说中那个三师兄的出场，只觉得他是住在厢房里，天气热了拿着扇子出来一下，别的似乎没有表现这个人物什么。按线性的故事结构来说，这点算做什么呢，好像与整个事物发展并无联系，可作者并不割掉这一点，作者有他的细节创作意图。《受戒》最初发表在《北京文学》上，发表后引起了一些轰动，反响是好的。小说在结构上是很散的，内容上是写了一个很好的、让读者看了非常愉悦的感受。汪曾祺的小说是写解放前的故事，他主张，小说是回忆，主要是回忆几十年前的事情。小说所写的寺庙，有一个替寺庙干活的佃户，佃户家里有个小姑娘，这个小姑娘与庙里的小和尚有那么一种青梅竹马、两小无猜的感情，依据这么个事情，写这么个故事，可作者并没有按照恋爱线索写下来。读者细想一下，当年的寺庙是由大、小地主掌握的，是有田地以供养寺庙里和尚的生活，寺庙是有佃户替它种地的。按农村阶级分析的观点看，寺庙里是有剥削、有压迫的。这其中的阶级划分是很森严的，它还存在一种神权观念。这是真实的生活，但在作者的小说中就没有写这些剥削压迫，而是写佃户的生活是很好的，庙里和尚们的生活也是很好的，小说中表现的生活是很温暖的，所写的恋爱故事也是很美的，一点也没有掺上阴暗的色彩，写得非常宁静。汪曾祺小说创作像一面明净的玻璃窗。当初，《北京文学》发表这篇小说是很大胆的，因为，你要是按照阶级分析的社会学观点来看问题，这篇小说就该受到批判的。阶级分析的社会学观点是有生活依据的，可是，一个作家可以不光看到这些，而且还要看到美好的东西，叫人愉快的东西，可以突出的写美好的方面，写带有很浓厚回忆的感情。如果，文学作品都是描写苦难，没有一点欢乐，那么，我们这个民族怎么能够生存下来呢？因此，作为文学创作来讲，它不单单要反映真实的历史生活，还要多方面的、通过艺术的手段，反映特定范围内的时代、社会生活、给读者以愉悦的享受。汪曾祺的小说创作正是达到了这样的审美要求，达到了这样的艺术境界。

我们的文学创作是经历了艰难曲折的道路。我们的文学创作指导思想曾出现了极大的偏颇，从五十年代开始，文学创作出现了图解政治的倾向，乃至图解政治思想。比如，在写农业合作化和人民公社化题材的作品中，有些就显露出很大的图解政治、政策的意味，当然，不是说，我们不可以写在那段历史时期内，中国农民、中国农村发生的天翻地覆的变化，而是说，作为文学作品应当怎样写、怎样艺术地反映这场在中国农村中发生的巨大变化。写人物，写典型的先进人物，则往往人为地、很偶合地写一些意外事件，借以表现先进人物的高尚品质。比如，写婚礼上新郎因为去堵截河堤的决口或是新娘临时因为去守护产妇，而耽误了婚礼的时间。在小说中虚构这样的偶然情节，以此来表现人物的大公无私、忘我精神，这显然带有图解某种思想和进行某种思想教育的味道，这样描写反而失掉了文学作品的真实感，进而也就失掉了文学作品的艺术感染力。

新时期以来的文学创作也有图解某种哲理观念的作品，这同过去图解政策是有所不同。比如，"人的价值"观念，有的作者就抓住这么个东西编个故事图解它。我觉得，我们那一代的作家吃图解某种政策、某种思想的亏是很大的。我是非常反对再出现这种创作方式，反对它的最根本一条，就是图解不符合文学艺术创作的根本规律，它不符合艺术创作的方法。图解，不过是一种演绎的方法，尽管可以拿来最新的诸如"民族""民权"或者是"人的价值"等等思想、观念来演绎，但它都不是艺术的方法，这里没有对于生活的感情、感受、感觉。如果说文学创作要避免走到图解的套路上，那么作家就要努力使自己的作品具有艺术的意境。你需要让读者进入了你的作品艺术意境之中去。

最近，在一次会议上，有位搞评论的青年同志提出：小说是感觉的东西，不能有任何的框框，不能有任何的要求，不能有任何的目的。我对他讲，那么艺术上有没有要求？他回答：艺术上也不应有要求。我讲，如果果真有这样既无政治上的要求又无艺术上的要求的创作方法，那简直得大便宜了。那么，我也会走这条道路，因为别人是不能要求我，我搞的是别人不能要求的东西啊！可是，同志们想一想，文学创作要达到一定的艺术性怎么可能没有任何要求呢？不单有，而且要达到一定的艺术水平，它的审美要求还是很难的，很不容易的。如果用上面那种观点看待文学创作问题就是降低了对文学艺术的认识。我在前面谈到的小说散文化，它都是有一定要求的，都是有独特的要求。不管是采用什么创作手法，写变态的、写心理活动的、写感觉的或写意境的，都请同志们像注意情节那么一个好的手段一样，不要忘记你的小说创作不论走什么路，你必须要考虑到你的小说应有的艺术要求。你的小说艺术的表达，要有一个相对稳定的形象，艺术是要靠形象感染读者。这儿的形象可以是意境、可以是感觉、也可以是一种愉悦的感情或是痛苦的感情；可以是孤独的感情，亦可是变态的、变形的感觉。我现在从作者的来稿中感到，有些作者并不是没有艺术的感觉，并不是不具备写作的基本知识，但他们的小说中就是欠缺丰满的形象，没有一个相对稳定的形象，使人翻来覆去读不懂，显得很散乱，使人不清楚他的作品所要表达的东西。

讲文学作品需要有一个相对稳定的形象，这就涉及一个问题，就是我们过去的文学作品，由于服从于某种政治和政策的要求图解的太厉害，以致它的形象太稳定了，稳定到死板的程度。因此说，形象太稳定与不稳定都不行，它需要相对的稳定。有相对稳定的艺术形象也能使作品达到一定的意境。怎么会产生相对稳定的形象呢，按我所理解的讲，就是中国传统美学中"虚实"这个观点。如同中国古代《孙子兵法》中的"虚则实之、实则虚之"，现在有许多作家的文章和评论文章写得太思辨、太玄了。我认为，不要这样才好，作家不同于理论家，钻得太玄奥、文章写得太玄奥反而不好了。作家要钻的是艺术形象。现在有些东西写得太虚，因为写的是感觉，是感情活动，我觉得，如果写的太虚，没有实的东西把它拴起的话，就真是玄虚了，不会产生相对稳定的形象。

举个例子说，就是卡夫卡的《变形记》，是写得很玄的。人怎么会变成甲虫呢？这简直太玄了，简直是世上绝无仅有的事情，但你应该注意到，卡夫卡又有从实处上写的，以很虚的构图，写很实的东西，特别是写到拿扫帚扫床下，碰到甲虫时，甲虫还往里边躲，虚有的事情，在卡夫卡的笔下又写得那么实在，似乎是真有的事情。光虚产生不了相对稳定的形象，还需要有一定实的东西。但太实也不行，在太实的要求下写的真实，我感觉又是不可能的事情。比如颜色，你能写得出来吗？画家可以大致上表现出来，可用语言就很难写得很实。太实之处，只有虚之，太虚之处，以实代虚，"虚实"的观点是中国传统美学的表达语言，这同西方的、现代的美学观点语言表达有所不同。虚实是审美的基本方法，也是审美创造，即小说创作的一个基本的、有效的方法。虚实的审美观点和创作方法是一个理论性很深刻，创作实践性很强的问题。限于时间，今天就谈到这里。

真与假

我感到这几年文学上有个很好的现象，各样的花差不多都能放出来。百花齐放应该有个主流，可是有的作家不是非当主流不可。好像花一样，有些花不是非当国花，非在群芳谱上名列前茅不可。有的作家自己也知道，他的花就是冷落的花，偏爱的人才偏爱的花；这样的花不一定就差，读者的欣赏口味不一样。百花园里只有一路花，一种花，那叫什么百花园？现在我们的文坛跟过去比有明显的不同，就是有不同的文学道路，不同的文学表现，不同的美学观点存在，这是一种好现象。由五十年代到现在三十多年中，三中全会以来是文学留下东西最多的时候。文学的道路走得太单一、太极端、太窄，留下的东西就较少。文学艺术一经模式化、规范化，就不会留下什么东西。文学应该多种多样，像拼盘一样，白鸡放在中间，边边角角放点海米、花生米之类，否则就太单调了。吃席的人不一定都喜欢吃鸡，有的专爱吃别的。文学上的需要也是这样，文艺要繁荣也应该这样。现在文坛上有许多讨论。讨论不一定作结论。我的看法是，文学上的东西可以不作结论，让它去吧，讨论是需要的，但一部文艺作品需要更长远的考验。五十年代有定评的好作品，到了七八十年代不一定是好作品，这样的例子不是没有吧？（这里我说的是百花齐放范围里的作品，反党反社会主义的东西另当别论。）"四人帮"被粉碎后，有人把某一路作品叫"伤痕文学"，这些作品的产生是自然的，但这样称呼是不恰当的。最近又把这路作品叫"问题小说"，不叫"伤痕"了，对不对也很难说。在外国文学史上，易卜生的戏剧叫问题戏剧，那是一大派，是文学史上的一个阶段，在戏剧史上是个进展。在我国，以前有人把赵树理的农村小说叫"问题小说"，我记得赵树理同志也并不反对这个说法，他说他在工作中碰到的问题，就是他的小说题材。说的人和作家自己，都无贬义。最近的讨论，有把"问题小说"看成贬义的意思，这就使人难以理解了。道路还是要越走越宽广，允许多种多样的文学主张和表现方法，大家共存。

汪曾祺同志的《受戒》在北京引起一些青年作者的注意。他们说，《受戒》写得好，但它写的究竟是什么？主题是什么？我们有个习惯，这个习惯是多年培养起来的，要求小说有个很具体的主题。如果这篇小说是提倡晚婚的，读者心里就很踏实。如果不是这样，一篇小说并不提出什么具体问题，更没有解决什么问题，它只是写些风土人情，尤其是解放前的风土人情，那么就有人不踏实了，怀疑了，责问了——你的小说写的究竟是什么？

我感到，第一，要求一篇小说一定要反映一个具体问题，有个具体的主题，是不对的。小说的主题应该是比较宽广的。有的作家一辈子只写一个主题，比如契诃夫，写了几百篇小说，只有一个主题：反对庸俗。如果说鲁迅先生的小说只有一个主题的话，那就是反封建。把主题弄得那么具体，许多小说就被排斥出去了。例如《受戒》，它很散文化，这里一段，那里一段，并不按照一条戏剧线索把它组织起来，是散的。它写的是解放前和尚庙里的事，既没有反映宗教问题，也没有反映人与人之间的压迫与被压迫的关系，但作品中的那些片断和细节后面，隐蔽着这样一个东西，就是生活的欢乐，健康的、正常的、青春的欢乐。小说中没有挑明，但每个细节都隐蔽着这个东西，这东西也是作者的真情实感。问题小说我也不反对，你的作品的主题就是那么具体，你也可以照这样的路子走下去，这也需要嘛。但不要分高低，认为你这样写才是最好的；别人小说的主题写得不具体，也不要反对。归根结底，小说要起感情作用。作家在生活里有了感动，他用他的最拿手的方法把它描绘出来，让读者也感受到作者在生活中所感受到的东西，小说不外乎这样。那么，你可以采用这种方法，他可以采用另一种方法，可以多种多样。这是我要说的第一点。

第二点，文学上的真和假。有人认为近两年的小说很假，写小说的本事就是吃铁丝拉笊篱——会编，有些作者也是这样认识的。我的看法是，小说总有它真的地方，这就是作者对生活的感受。

作者在生活中对某个人或某件事有了真正的感受，这种感受也许是多少年的积压，也许是一闪而过的。写得好的小说，必须要有这个真情实感。说这是小说的出发点也好，核心也好，好的小说必须要有这个东西，没有它，你有再大的本事也不行。要说小说真的话，这也是真的。那么有了真情实感，怎么才能把它写成小说，用什么样的语言、结构、细节，这就很难说都是真的了。有些材料是作者印象中有的，有些是听说的。印象中有的但经过改造了，有的加强了，有的冲淡了，在这个过程中，不同的作者处理是不一样的。有人比较喜欢用自己亲身经历过的材料，他说不是他亲眼见的写不了。有的作家不是这样，你要怪他没有去过法国，怎么写巴黎？他会反问你，那么怎么写曹雪芹？谁跟曹雪芹一起生活过？历史小说岂不是不能写了吗？这也有道理。作家不一定只写自己亲眼所见的。但写李自成、曹雪芹，巴黎、日本，也得有真情实感，没有这个东西，即便写的事情千真万确，给读者的印象也未必真。

虚 实

"文无定法"这句话当然是对的,和前辈作家告诫我们千万不要相信"文章作法""小说入门"之类东西,是一个意思。这里说的"法",指的是死法子。

但,若真正一点规律性的东西都没有,能成为一门艺术吗?毫无规律可言,那算什么玩意儿。有一位青年说,否,毫无规律也是一条规律,有这一条就行了。我说这是诡辩。

诡辩对写小说没有用处。不但诡辩,就是过多的思辨,我也觉着无济于事。作家和理论家究竟不是一家,有人可以兼而有余,多数还只走一径。

我对文论,喜欢简约。

我们的老祖宗最会三言两语。好比说"文气",这"气"是什么?字里行间是有种东西像是气势,可又看不见摸不着。说成节奏行不行?不全合适,比节奏还内在。这个"气"字让人感觉得到,说是说不清——也许这就是最明白的说法了。

老祖宗常用虚实两个字,来说道理文理。叫我想起中医用"气血""阴阳"这些两个两个的字,去说内外各科表里诸多病症,大家谈癌色变,西医谈癌为难,中医却可以一口说做"气血郁结"。用现代的观点来看,那些两个或四个的字,不够科学。不过中医就这么治了病,现在遇了疑难病症,有人还爱找中医。这也是事实。

文论中用虚实两个字,能说许多字里行间的奥妙。从具体手法到抽象的原理,都有用这两个字的。比如说手法上有虚写实写,那就"具体而微"了。再如结构上的虚实,繁简,行止,留空,等等,那也具体但不是"微末"了。再如生活的真实和艺术的虚构,虚中有实,实中有虚。比较起来这就不那么具体了。再如主观客观、主体客体,那是美学上的原理,主是虚,客是实,主客虚实争论不休,对搞创作的人来说,就抽象了。

文学上的疑难病症,有时候我就用虚实来说它,我想反正我也解决不了这些疑难,不如把复杂说得简单一点,落个爽口。

这里先说那具体而微的手法,有虚写实写一说。不论写人写事写景,都可虚写也可实写。特别是写人,外国古典小说中有叫作肖像的写法,力求惟妙惟肖,有的弄到纤毫毕见的地步。这是写实。这是实物实写。

现代小说有不写肖像的,有虚写一笔带过,有只写一二特征省略全貌的。

还有些看不见摸不着的方面,如感觉世界、精神状态、心理活动，这些是虚事，却又有实写的写法。

我想举个例才好交代明白。

一位前辈美学家说，古今大作家大都在男女爱情上下功夫。这话不错，试看世界名著，完全写爱情的很多，完全不写爱情的就极少了。写爱情当有一男一女做主角，多男多女穿插其间。这男女主角不免有个第一次见面，好了，这初见场面叫许多大作家费尽心思。初见中，又以一见倾心，心心相印居多。一见是实，倾心是虚。有时候虚到或如电光一闪，火花一现。或深藏内心，不露痕迹。或连自己也说不清，也不知道是怎么回事，但确实是由此不得安生。

安娜·卡列尼娜是在火车到站的匆忙纷乱中，谁都急着办事的时候，和渥伦斯基偶然遭遇，却互相吸引……试想这个初见的苦心安排，有好几层意思在里头。

《红楼梦》里宝玉和黛玉的初见，我以为比起诸多名著中初见场面，至少毫不逊色。虚虚实实上，只怕还胜一筹。

这个场面有许多讲究，这里只说虚写实写这一手具体而微的本事。

第三回"贾雨村夤缘复旧职，林黛玉抛父进京都"中，林黛玉初次出现，坐船从南方进京，状貌行动都无描写，走进荣国府，和众人相见，才写道：

众人见黛玉年貌虽小，其举止言谈不俗，身体面貌虽怯弱不胜，却有一段自然的风流态度，便知他有不足之症。因问……

作家真沉得住气，女主角已经出来长途旅行，见过一大家子人，才向读者交代这么几句。这几句都是笼统的，"年貌虽小"，也不知道多少。"举止言谈不俗"，也没有告诉怎么个不俗法。"身体面貌"却只是"怯弱不胜"，再"一段自然的风流态度"。眼睛、鼻子、个头、腰身、手脚全没有一字一句落实。只是在神态上泛泛勾个轮廓。说是泛泛，是说没有一个好叫作"特写"那样的"镜头"。

这是对一个实体的虚写。人体很实，偏偏实者虚之。也不是留到后来一步步实写出来。一大部书，对人物实体的描写极少，特别是女主角身上。仿佛是只画个圈子，圈子里该有该无，该长该短，全交给读者自己去想象。再看男主角贾宝玉的上场：

一语未了，只听外面一阵脚步响，丫鬟进来笑道："宝玉来了！"黛玉心中正疑惑着："这个宝玉，不知是怎生个惫懒人物，懵懂顽童？"——倒不见那蠢物也罢了。心中想着，忽见丫鬟话未报完，已进来了一位年轻的公子：头上戴着束发嵌宝紫金冠，齐眉勒着二龙抢珠金抹额；穿一件二色金百蝶穿花大红箭袖，束着五彩丝攒花结长穗宫绦，外罩石青起花八团倭缎排穗褂；蹬着青缎粉底小朝靴。面若中秋之月，色如春晓之花，鬓若刀裁，眉如墨画，面如桃瓣，目若秋波。虽怒时而若笑，即瞋视而有情。项上金螭璎珞，又有一根五色丝绦，系着一块美玉。

这一段可是详细极了，从头上戴的写到脚上穿的，什么颜色什么料子什么花式，色色俱到。不过全是一套"套话"，是从说书人的话本传下来的程式，说书人说到这里，讲究一口气滚滚而下，翻了核桃车似的。听书的人也只听那口齿，不细听字音字义。小说读者读到这里也不细读，我是一扫而过。

这样的"肖像画"只是当时的习惯，这个写法早已随着时代过去了。就是林黛玉当时初见贾宝玉，一眼也不可能看得这么仔细，不能够巨细悉收眼底。中间那几句写神态的，"面若中秋之月，色如春晓之花"，"虽怒时而若笑，即瞋视而有情"。也不会一时全表现出来，让人全瞧了去了。措辞也都是陈词，都是用滥了的老话。十足是当时的"程式"。

我看这一段实体描写的详细程式，从文学上说，实际没有实写，真写。是用套话来对付过去的虚写。

这样一个贾宝玉，林黛玉一见之下又如何呢！

黛玉一见，便吃一大惊，心下想道："好生奇怪，倒像在那里见过一般，何等眼熟到如此！"

这真是好生奇怪！这里是神来之笔。

贾宝玉又怎么看林黛玉呢，"细看形容，与众各别"，下边也是几句套话，再如"闲静时如姣花照水，行动处似弱柳扶风。心较比干多一窍，病如西子胜三分"，也都不是初见一面见得出来的。顶多是给读者指出个范围。下边却又来神了：

> 宝玉看罢，因笑道："这个妹妹我曾见过的。"贾母说道："可又是胡说，你又何曾见过他？"宝玉笑道："虽然未曾见过他，然我看着面善，心里就算是旧相识，今日只作远别重逢，亦未为不可。"贾母笑道："更好，更好，若如此，更相和睦了。"……

从未见过面的男女主角二人，一见之下，一个觉着"面善"，一个心想"眼熟"。一个"好生奇怪"，"何等眼熟到如此！"一个干脆笑道："这个妹妹我曾见过的。"

一部优秀作品，可以从各种角度去探索。从学习写作的角度，这初见时的心理描写，我想写的是心心相印，一见倾心。

少男少女懂事又不懂事的时候，往往心里会有个理想的形象，自己都不一定知觉，可是有在那里。林黛玉心眼里有个理想的公子，贾宝玉懵懂懂中，也有个理想的佳人。两人一见，都合自己的理想，又不清楚自己怎么理想来着，就以为是"面善""眼熟"了。

一见倾心，心心相印。在少男少女心里，往往如电闪、如磁力、如感应、如幻觉，看不见摸不着，是虚。这里把这个"虚"却又实写出来，写得真像是老相识。把心灵深处，本人都不一定踏实的一闪一现的东西，抓住，给以实体形象，托到读者面前。这是作家的本领，《红楼梦》这一场中这一笔，是大手笔，是生花的妙笔。

当然，这初见的心理，也有三生姻缘，女娲补天之石，绛珠仙草等等关系。从学习写作的角度来说，写这些因果的时代是过去了。我们应当知道，应当听取红学家的研究，但不必深究。

"画鬼容易画人难"，先不说画鬼容不容易，画人的肖像的确是难，有个实体在那里比较。用间接的文字写出肖像来，更难。不但是人，一事一物如实传达出来，有时候简直不可能。文字的能力有限，再现形体不如绘画，再现声音不如音乐，拿颜色来说，天空一样的蓝色只好写作天蓝，湖水般的绿色就写作湖绿。让读者凭记忆里看天看湖的经验，自己去领会。一百个读者读了《红楼梦》，各人心中的林黛玉形象一百个不一样。鲁迅先生说过现在的读者心中，不会出现当年木版书上图像那样的林黛玉。他自己写的阿Q，明明是辛亥革命时期的江南农民，可是城市里的文人学者，不少人"对号入座"。

实体实写出来，是有限度的，超度的要求不可能达到，这是一。再者，实体虚写得恰到好处，就是引导或诱发了读者的想象，让读者凭自己的阅历去见识去塑造实体。那就或美或丑都不是别人强加给他，是他自己的东西。

六十年代初，一个小型座谈会上，前辈茅公和青年作者谈话，说，现在有人说写姑娘眼睛好看，离不开大、黑、亮三个字。眼睛当然是大点好看，小了总不大好。中国人的眼睛只有黑色，当然越黑越好看。亮是神采，年轻人不能够老眼昏花。茅公说他想了想，他来写的话，恐怕也只有大、黑、亮。后边跟着一句：不过可以写得虚一点。可惜当时就这么一句没有发挥。

感觉、感慨、感悟，或是一闪念，或是朦胧的暗示的，或是长久埋藏自己都不大知觉的，这些虚幻的东西，如果也抽象地虚写起来，读者就只能看不见摸不着，不容易动情。

实者虚之，虚者实之。这是《红楼梦》男女主角初见一回书中的写法。这里说的是写作中具体而微的手法，没有牵扯更重大的题目。但具体方法的运用，值得琢磨。特别是心理虚幻地方，这一手实写，把这一回书"升华"了。在如林的名著中，也显出是高招绝活来。

虚实是我们传统的说法，范围又广又活，当然不能够认死理。绝没有实者必虚之、虚者必实之这么一说。虚中有实，实中有虚，虚实变化万千。这里只不过举一个例。俗话说，举一反三，这个三字也不是实写，三者，多也。

社会性·小说技巧

崔道怡：感谢两位老作家参加我们这个对话专栏。我有幸结识你们已有三十年了。两位老作家许多有影响的作品都发表在《人民文学》上。如林斤澜五六十年代的《台湾姑娘》《山里红》《新生》，一直到新时期以来的《竹》《溪鳗》《李地》；汪曾祺六十年代的《羊舍一夕》《王全》……你们的作品被公认为是别有风格特色的，有人说林斤澜写的是"怪味小说"，有人说汪曾祺写的是"诗化散文化小说"。那么，这次对话就从小说的味儿谈起吧。

汪曾祺：我先谈谈作家的社会责任感问题。有人说我和林斤澜的小说跟当前现实生活距离比较远，我觉得不是。我俩写作的社会责任感是比较自觉的。我常想作家到底是干什么的？在社会分工里属于哪一行？作家是从事精神生产的。他们就是不断地告诉读者自己对生活的理解、看法，要不断拿出自己比较新的思想感情。作家就是生产感情的，就是用感情去影响别人的。最近为了选集子，我看了自己全部的小说、散文。归纳了一下我所传导的感情，可分三种：一种属于忧伤，比方《职业》；另一种属于欢乐，比方《受戒》，体现了一种内在的对生活的欢乐；再有一种就是对生活中存在的有些不合理的现象发出比较温和的嘲讽。我的感情无非是忧伤、欢乐、嘲讽这三种。有些作品是这三种感情混合在一起的。

　　林斤澜：我解释你的作品不大用欢乐，而用愉悦。欢乐和愉悦是有区别的。欢乐对你的作品来说太强烈和外露了。

　　崔道怡：汪老作品给我的感觉是温馨。

　　汪曾祺：我总的说来是个乐观主义者。我的生活信念是很朴素、很简单的。我认为人类是有希望的，中国是会好起来的。有的人曾提出，说我的作品不足之处是没有对这个世界进行拷问。我说，我不想对世界进行像陀思妥耶夫斯基式的严峻的拷问；我也不想对世界发出像卡夫卡那样的阴冷的怀疑。我对这个世界的感觉是比较温暖的。就是应该给人们以希望，而不是绝望。我的作品没有那种崇高的、悲壮的效果。我追求的不是深刻，而是和谐。但我不排斥、不否认对世界进行冷峻思考的作品，那是悲剧型的作品。我的作品基本上是喜剧型的。读者还是能看得明白的。有一位学化工的大学生看了我的《七里茶坊》后给我写了封信说："你写的那些人就是我们民族的支柱。"我要写的就是这个东西。下面我要谈谈林斤澜的小说，包括他的"矮凳桥"的系列小说。

他的小说有一个贯穿性的主题，就是人，人的价值。他把人的价值更具体化到一点，就是"皮实"。林斤澜解释"皮实"，就是生命中的韧性。"矮凳桥"里他写了许多人物都是在证明自己存在的价值——"让你们晓得晓得我"。像《溪鳗》，就有两种主题：一是性主题，另一是道德主题。把性和道德交织在一起来碰一碰的作家据我知道的还不多。溪鳗是东方女性的道德观，她是心甘情愿也心安理得地作自我牺牲。李地是个母亲的形象。她在那么长期的、痛苦的、卑微的生活中寻找一种生活的快乐；在没有意义的生活中感觉出生活的意义。还有一篇我比较喜欢的是《小贩们》，写一群小孩子走南闯北做买卖，他们对生活充满了想象和向往，充满了青春气息。如果就是为了奔俩钱儿，孩子们就很俗气了。所以我说林斤澜的作品是爱国主义的。"皮实"是我们这个民族的品德，斤澜对我们这个民族是肯定的，有信心的。爱国主义不等于就是"打鬼子"，对民族的优秀品质加以肯定是更深的爱国主义。

林斤澜：作家是干什么的这个问题，我跟曾祺想得差不多。我同意作家是感情的生产者的说法。去年底在《北京文学》召开的座谈会上，这个问题讨论不起来。会外有位年轻评论家对我说，这个问题只有像你们这个年纪的作家才去思考，你们有你们时代带来的框架，这样的问题只有在你们的框架里才能提出来，意思是在别的框架里就不会提了。我听了这话没有想明白。我承认每一代作家是有不同的，包括知识结构也不一样。但每一代的作家总要考虑自己是干什么的。难道会有谁都不知道自己是干什么的"框架"？这个问题我自己也不是从来就清楚，我的答案也是经过好多次修改的。目前的答案是作家是管感情的。

我的许多作品发表在《人民文学》上。时间长了，我对自己的作品才有了比较清醒的认识。我的作品在读者中反响不大，比较冷清，也许这促使曾祺要写评论我的文章，他觉得太冷淡我了。我的作品读者面小，确是遗憾，是我的缺点。我希望我能抓住更多的读者。但是有一点，我还得走我自己的路，换个别的路我不会，我也不干。

汪曾祺：我的评论文章最后写了两句："董解元说，冷淡清虚最难做。"结束语："斤澜珍重。"

林斤澜：发表在《中国作家》上的《小贩们》，我自己比较喜欢这篇。小孩们一下子投入商品经济，出去做生意，劳动致富去了。你说我的作品不结合现实，我觉得我真结合。我已过六十的人了，还和年轻人一起去写商品经济，写跑单帮。但我并不打算在商品经济这个范围内解决什么问题，我也解决不了，而且真是外行。社会问题、政治问题、经济问题，作家都要关心，但它们不能直接作小说的主题。不管大小问题，拿到作家这儿开药方，或让作家瞧病，作家没这个本事。文学的主题，还应该是人的感情这部分。如果小说写出了一些能感动读者的感情，让读者与作家一起思考，这样就行了。有的读者说看不懂我的作品。我不是不管你懂不懂，倒是很伤脑筋。可能是基本功的问题吧？比如文字、文理。文理不通，人家当然看不懂，那就得改进。要不是这样的问题，那就不太好办了。有的读者读作品，跟小说里要这个，要那个，要这也没有，要那也没有，那这小说究竟写什么呢？这就要牵涉到小说的观念问题了。你要的东西，有时候也许我有，但我觉得不该是我拿的，有时候真没有，真拿不出来。有的人要不到他要的，就说"看不懂"。

崔道怡：看不懂，作为编辑，我近两年时常碰到这个问题。有时我们发表了一篇作品，有读者就来问这是什么意思，要求做出解释。有些风味小说，是解释不清楚的。林斤澜的《李地》，写了李地的一生，三十多年的历史。进一步问这个人的一生有什么意思？三十多年历史说明了什么问题？我就难以一下回答得出了。我只能先感应其中味道，心灵受到冲击，或滋润，或介乎这两者之间，然后引起我去思索。

汪曾祺：人们都要求小说提出什么问题，或说明什么问题。有人问我《受戒》说明了什么，我自己也不知道，或是解释不清楚。"于其不知，盖阙如也。"另外，我也不同意有的人说我的小说是无主题。我的小说是有主题的。我可以用散文式的语言来说明我的主题。但我认为应该允许主题相对的不确定性和相对的未完成性。

崔道怡：不确定性，未完成性，也就是相对的模糊性。生活本身就有许多模糊性，不是什么都一清二楚的。

汪曾祺：作者也在思考，要是都告诉了读者，一览无余，那就没有什么思索的余地了。

崔道怡：那么，我们可以过渡到第二个问题——小说的观念问题上去了。

汪曾祺：我谈一下横向借鉴和竖向继承，或者叫民族化问题。中国现代文学应该说是接受了些西方影响的，当然必须也必然借鉴了许多西方的东西。但一个国家的文学，一个民族的文学，有两个东西没法否定掉：一是你写的是这个国土上的人和事，二是得用这个民族的语言来表述。有些年轻作家借鉴西方作品，包括它的表现形式，这是无可非议的。但最根本的赖以思维的语言还得是中国的语言。作家必须精通本国的语言。西方现代主义作家他本人也是精通本国语言的。不能用汉语汉字来表达完全是西方的东西。现在在许多文艺理论批评中引进了自然科学的概念，包括数学概念和数学术语，我觉得这也是可以的。比如现在有个时髦的术语叫"坐标系"。坐标系总有两个轴——横坐标轴和竖坐标轴，然后才能决定你那个坐标的位置吧！但现在有些作家只有一个横坐标轴，而没有竖坐标轴，他一般只强调横向借鉴，因此他那个坐标位置是不稳定的。在横向比较的同时必须要继承中国的民族文学传统，不能把西方的那套完全搬过来，所以在讨论我的作品会上我加了一句话：回到现实主义，回到民族文化的传统。我读了王安忆的《小鲍庄》，觉得有一点很欣慰。我从这个作品里感受到了一种民族的气息，包括语言、对话、叙述都用了徐州地区的语言。我不是一个很顽固的老式传统的现实主义者，我自己受过一些西方文化的影响。民族文化应该吸收外来的影响，但目前则应该强调我们民族文学的传统。现在有些搞文艺理论的同志，完全用西方的一套概念来解释中国的不但是传统而且是当代的文学现象，我以为不一定完全能解释清楚。中国人和西方人有许多概念是没法讲通的。李陀到德国去，他写了篇文章叫《意象的激流》。"意象"是什么？外国人怎么也弄不清楚。我在上海召开的汉学家会上对一些西方汉学家说，你要了解中国当代文学的语言，先要了解中国传统的语言论。我讲了一套韩愈的语言论，"气盛言宜"，他们听起来很新鲜。韩愈说："气，水也；言，浮物也。水大而物之浮者大小皆浮。气之与言，犹是也。气盛则言之短长与声之高下者皆宜。"韩愈提出了三个很重要的观点：一是"气"，即作家的心理状态、精神状态。所谓"气盛"，就是思想充实，情绪饱满。其二，他提出一个语言的标准叫"宜"，即语言准确。其三，还提出"言之短长"和"声之高下"，即句子的长短和声调的高低。韩愈的语言论讲得很具体，并不虚无缥缈。我觉得年轻的作家应该学一学。

　　林斤澜：刚才曾祺讲了语言，我想讲讲情节。我们前辈讲小说要有几个要素。有的说三个，有的说四个，但是其中总有个故事情节。五十年代我开始写小说，不知为什么不大重视情节。现在的作家、评论家，有的主张情节，有的不大主张情节。主张情节的，认为小说的节奏与情节关联着。再有个说法，情节是"人物性格发展的历史"，这是名言了。还有说"情节是骨头架，语言是外衣"等等，都是强调情节的重要。但另外一些作家像曾祺，他反对小说有戏剧性的情节。他认为戏剧性的情节把小说真的也写假了。他是搞戏的，他认为戏是戏，小说是小说。他的小说都没有完整的故事情节。即使有整的材料，他非得把它打碎，重新处理过。我觉得情节是小说几个要素中非常活跃的一个要素。我晚上看电视剧，有的电视剧真不行，但是有情节。小说也如此，大起大落的情节就能把你抓住，广大读者就吃这个。一般说小说的四要素：无非是主题、人物、情节、语言……但最容易抓住人的是情节。

　　我是肯定情节的，我说它好。曾祺刚才说了语感，这东西不是谁都有。还有语感这种感觉的东西不一定能够"练"得出来。我觉得情节是可以"练"出来的，只要下了功夫以后还真能见成效。所以写小说的人如果走情节小说的路，这也不错。有的小说已经接近情节小说了，但又收住了，或许他怕那样格调就不高？我觉得可惜了。你不如再走下去，干脆就靠情节，就走畅销小说或叫通俗小说的路。比方大仲马的《基督山恩仇记》，就是情节小说，成为世界畅销书。如果现在有人能写出像《基督山恩仇记》这样抓住人的小说，那就很好了。可是有的作家，他不爱用情节，他不是这一路子的。作家各有各的气质，勉强不得。我现在考虑一个问题，情节那么好的一个手段，你不使它，那就得有差不离的好东西顶上去才行。曾祺的小说，它不是不要情节这个手段。它是不要外在情节而是要内在情节，或者叫作"情结"。有的人靠感觉来写小说。他必须是独特的感觉,不然就拿不住人。独特的感觉往往是变形的,变态的,而不是常态的。变形、变态这个东西不要反对。有人说变态是文学创作里必要的东西。有人说文学的杰作里的那些精彩的细节往往是变态的。比如阿Q,他脑袋上有个疤,他听见说"亮"不行,"光"不行,"灯"也过敏。实际上"灯"和他脑袋上的"疤"要拐好几个弯才到,这么过敏、多敏是变态;林黛玉更是变态,整天哭哭啼啼,小心眼儿,去葬花,葬花整个是变态的东西。一说到变形、变态就好像是邪门,我看不是;也不要一提到变形、变态就是外国的。我说的都是中国的。曾祺不喜欢外在的情节,或者是"情结",把它弄那么散,但他的小说都有一个内在的情节,叫它"核"也行。《受戒》中有个二师兄,前后都没有出现,整天在屋子里,只有一次他拿着扇子出来乘了一会儿凉。这个人物与情节线索前后都挂不了钩,那么可不可以去掉呢?有一次我向他提及,他几乎不假思索地断然说:"那不行!不行!"我理解那个二师兄虽然跟小说外在的情节线索挂不上钩,但他是"核"的一部分。生命或是生活的愉悦是《受戒》的"核",那一片的愉悦是有层次的。二师兄只出来乘乘凉就回屋,这也是生命愉悦感的一个层次。如果把这些层次都去掉了,那就只剩下黑跟白了。

感情、感觉是内在的,还有一样叫感悟。感悟更哲理一点。对生活有悟性。有这些东西作为内在的线索,才能顶过情节的外在线索。如果你没有感情的、感觉的、感悟的东西,或是不够"数",

不够"份",那么你不如不放弃外在的情节,不然太划不来了。

崔道怡:你们谈到了三感:感觉、感情、感悟。很有见地。我理解你们两位的作品都属于悟性的小说。

林斤澜:感悟的小说,一般得有点哲理性。感悟小说最怕最忌讳什么?最怕你觉得悟到了什么东西,然后编排一个故事来图解。图解这个东西由来已久。图解一个政策,一个哲学命题,或者一个非常新鲜非常现代的观点。主题思想大不相同,论写作方法又是一条路子。从我和我的同辈的创作生涯中,吃图解的亏吃得最大。所谓"图解",首先它是从概念出发。这个概念或是政策,或是理论,或是人生的哲理,从这儿出发,然后找些人和事把它演绎出来。小说的进展,就是概念演绎的进程,然后以概念结束。过去是图解政策概念,这个活儿我也干过。干多了这路活儿的作家,能不能来点新鲜的,就看能不能从这里闯出去,这可要舍得,要横下一条心。俗话说,练拳容易改拳难。

汪曾祺:目前图解又有新发展,就是图解某种西方思潮。看了一本什么书,接受了某个新观点,然后想办法找点人物和故事去写,目的是宣传西方的他自己也不太懂的思想。这实际上也是一种主题先行。

我认为不图解就应该不是从概念出发而是从生活经验出发,从本人不能忘怀的事情出发。比如《受戒》,写的是我四十三年前的初恋感情……

林斤澜:不要说下去了,都说到隐私了……

先把散文写好

新近，作家出版社印了本《蒲桥集》，是汪曾祺的散文集子，据说是自选的。先前邀请名家自选，往往标出自选两字，有别于他选，骨子里还是生意经。现在大讲"商品经济"，倒不兴标这两个字了。是不是到处兴超级市场，又叫作自选商场，价钱随日升高。作家爬格子的报酬，却"定格"在那里。现在弄到散文集子肯定赔钱，名家也赔，自选也赔……好像是发牢骚了。"闲话"中不免牢骚，但又要不像牢骚，要像闲话。

汪曾祺不多动脑子，"蒲桥集"若写作"捕娇记"，稍微变变偏旁，弄得巧时有点赚头也难说。君不见忍辱负重半个多世纪的女诗人关露，她的传记出版时改名《谍海才女》。

《蒲桥集》的"自序"中，开头就说："我以为写任何形式的文学，都得首先把散文写好。"这个意思，我未见近人说过。古人说过没有？古时候或者用不着说，祖先是除了韵文，就都是散文。

"都得首先把散文写好",那口气是把散文当作文学写作的基本功了。不管专攻哪一门形式,你,文学学徒,趁年轻,快来练练散文吧。

这是为什么?作者没有接着说,我现在为写闲话,找出几句来算是一"砍"。"砍"是北京土话,多写作"侃",调侃的侃,"查有实据"。不过北京近年新兴,把痛快淋漓的闲谈,叫作"砍大山"。我以为如此说来,"侃大山"倒不对劲儿。还是"新事新办",写作"砍"得好。

散文怎么会成为各种文学形式的功底呢?汪曾祺接着说我们的散文"历史悠久",从魏晋唐宋直说到"五四"。

"五四"这里,我摘抄几句:"五四以后的新文学的形式,如新诗、戏剧,是外来的。小说也受了外国很大的影响。独有散文,却是土产。"

前几年,有一种"风"堪称风靡文坛,叫作"探索",叫作"新潮",叫作"先锋",其实也各色各样,就笼统叫作"现代派"吧。是开放以后,受国外的诸多影响。有没有"食洋不化"的情况呢?我看有是有的。语言形式上有没有"翻译体"呢?也有的是。这么着,引起一些人的不满也是该当,不过不必"急赤白脸",特别在土洋之争上须提防说过了头。

我也说过几句闲话,我们现在弄的小说,是"五四"时候传下来的。那时候鲁迅老几位没有去改良衰微了的章回体,就文体来说，老爷子们"拿来"外国形式。现在我们写的小说，不论什么派，都是"五四"老牌的"舶来品"。

汪文中还有几句话说，"新潮派的诗、小说、戏剧，我们大体知道是什么样子，新潮派的散文是什么样子呢，想象不出。新潮派的诗人、戏剧家、小说家，到了他们写散文的时候，就不大看得出怎么新潮了，和不是新潮的人写的散文也差不多。这对于新潮派作家，是无可奈何的事。看来所有的人写散文，都不得不接受中国的传统。事情很糟糕，不接受民族传统，简直写不好一篇散文。"

这是不是拐着弯，说明了"写任何形式的文字，都得首先把散文写好"。

要是还嫌透明度不够，我想起不止一次，汪曾祺赠言取得"轰动效应"的青年作家："说好中国话。"口头说说，本属一风吹，不能引以为据。不过闲话里捎上，也无妨参考吧。

究竟叫写散文的原意是不是这么简单，文心本来"不可叵测"——这四个字引自一篇获奖之作。

呼唤新艺术
——北京短篇小说讨论会上的发言

当代专攻短篇小说的作家很少,很少。以短篇见长的有几位,也不多。若数专攻的,大家自然首先想到汪曾祺。

这个短篇讨论会,我和曾祺说过鼓动他到会。他说有什么好说的呢?我说你最近在别的场合说过两句话,都是一提而过,没有展开。一句是你用减法写小说。再一句是没有点荒诞没有小说。

天有不测风云,言犹在耳,他可是来不了啦。两句话三句话的也都听不见啦。不过他对短篇对小说对文学的贡献,大家不但记忆犹新,可能还会不断更新。今天他当然坐在我们中间,明天,我们会更加感受到他的魅力。

用减法写小说,和我太久前的一篇随笔有关。我说目前流行的写法,一种是加法,一种是减法。加法又叫作填空法充实法,减法又可以是省略法传神法云云。

曾祺青年"出道"时节，就吸收"意识流"，直到晚年写作"聊斋新义"，把现代意识融进古典传奇。他说没有荒诞没有小说，由来已久。

讨论会上，北大钱理群教授带来一篇五十年前，汪曾祺发表在《益世报》上的随笔：《短篇小说的本质》。钱先生念了几段，说，那两句话的意思这里全有了。

曾祺潇洒，早年这些文章没有保存，也没有收在什么集子里。副标题标着"之四"，那前面几篇呢？问过曾祺，他说忘记了。那么钱先生和他的研究生们的工作是积德了。

文末作者自注："三十六年五月六日晨四时脱稿，自落笔至完工计费约二十一小时，前后五夜。在上海市中心区之听水斋。"看来不是随便划拉出来的。

现在摘抄几句可有嚼头。

"……一个短篇没有写出的比写出来的要多得多，需要足够的空间，好让读者自己从从容容来抒写……"

"我们设想将来，有一种新艺术，能够包容一切，但不复是一切本来形象，又和电影全然不同的，那东西的名字是短篇小说。"

"……'事'的本身在短篇小说中的地位行将越来越不重要……真正的小说家……不是为写那件事，他只是写小说——我们已经听到好多声音，'不懂，不懂！'其实他懂的，他装着不懂。"

"一个短篇小说，是一种思索方式，一种情感形态，是人类智慧的一种模样。"

参加讨论会的还有远地来的外国来的朋友，像李陀这些年里外来回跑着，他们说起西方有些国家，因为影视传媒，因为商业行为，等等，短篇小说差不多消失了。像我们这样讨论短篇小说，提倡短篇小说，成了稀罕的文学现象了。我们这里还有短篇小说可以生存发展的环境。但我们这里的短篇小说家，也必须淡泊名利，忍耐寂寞，还不能保守，才有可能形成新的崛起。总之，坚持创新。创新不免超前，超前难免冷落，因此得说坚持。

汪曾祺在五十年前就有敏感，他呼唤"新艺术"。

风情可恶

汪曾祺曾说：写小说就是写语言。我看是当前最强调语言的说法。三十年代，高尔基说小说的几个要素，把语言放在第一位，解释道：语言是"一切思想""一切事实"的"外衣"。大约是当时的"最强调"，或者是左翼中最靠"右"的说法，不过这也只就形式——"外衣"而言。曾祺的"写小说就是写语言"，那是内容与形式"眉毛胡子一把抓"。这就不免有偏，偏中难说无癖。

不少人称赞汪是"士大夫文化""一脉相承""锤字炼句的能手""深得×××要领"，等等。赞语不偏，不过须知不偏的背面，也有癖在。

比方说"风情"两字，汪岂不知在古代，是风采与情趣的意思，或自然风光和人文情怀的混合，或专指男女相悦的情爱，今人也可作风俗人情的简写。汪其实最善写"风情"，小说、散文，无不"风情"盎然。说他不喜欢这两个字，人不爱信。说是厌恶，又怎么叫人信得下来呢！

八十年代我出版了一本系列小说《矮凳桥风情》。曾祺本来只知道"矮凳桥"，忽听还有"风情"，立刻大叫不好，不好。但木已成舟，无可如何。

后又欣然命笔，写了一篇评论。读者看出来文情并茂，但没有注意到书名只有"矮凳桥"，没有"风情"字样。

有一回，南方开个笔会，名目很长，中间有"××文化风情"云云。汪打电话给我说这件事，说，"××文化什么"，我盯上一句"××文化风情"吧，回话还是"××文化什么"。大有这两个字一出口，这个会还能去吗？古人把"口不言钱，但言阿堵物"的事称癖。

当然也曾询问这两个字为何不可言？有回听说："无名氏用过。"无名氏早年有本书叫作《北极风情画》，但无名氏用过的词多了，总不能都不能要。有回说"用滥了"。其实用滥了的词也很多，比如用在书名上的"传奇""故事""……之歌"等等，也不都讨厌到可恶的地步。

听说过"洁癖"吧。有一位每用碗筷，必置蒸笼中蒸十分钟以上。但一锅饭可以开着放在地上，不怕尘土。另一位最怕尘土，上公共汽车以手绢捂嘴，挤到车头才安心站立。据说车开有风，土向后走。但碗筷不蒸不煮也不常洗，手纸一擦即可使用。

"若即若离""我行我素"
——《汪曾祺全集》出版前言

我写小说,是断断续续的,一阵一阵的。开始写作的时间倒是颇早的。第一篇作品大约是一九四〇年发表的。那是沈从文先生所开"各体文习作"课上的作业,经沈先生介绍出去的……

当时沈从文向文艺界介绍汪曾祺,有一句话流传成佳话:"他写得比我好。"评论家提到的"两个最可注意的年轻作家",另一个是路翎。

一九四六、一九四七年在上海,写了一些,编成一个《邂逅集》。

解放后长期担任编辑,未写作。一九五七年偶然写了一点散文和散文诗。一九六一年写了《羊舍一夕》。因为少年儿童出版社为我出一个小集子（听说是萧也牧同志所建议），我又接着写了两篇。一九七九年到一九八一年写得多一些，这都是几个老朋友怂恿的结果。没有他们的鼓励、催迫，甚至责备，我也许就不会再写小说了……

摘自《汪曾祺短篇小说·自序》。一九八二年，

"文革"噩梦过去两年后，北京文联在文化局饭厅一角，拉上布幕，放两张写字台，整理残部、收容散兵游勇。此时把文艺界说做"重灾区"，一点也不过。不久，北京出版社计划出版一套"北京文学创作丛书"，老人新人，旧作近作，挨个儿出一本选集，这是摆摆阵容的壮举。有说，不要忘了汪曾祺。编辑部里或不大知道或有疑虑，小说组里问人在哪里，也素不认识。我说我来联系吧。其实就在本地本城，也就在文艺界内（京剧团）。连忙找到这位一说，不想竟不感兴趣，不生欢喜。只好晓以大义，才默默计算计算，答称不够选一本的。再告诉这套丛书将陆续出书，可以排列后头，一边抓紧点再写几篇。也还是沉吟着，写什么呀，有什么好写的呀……这么个反应，当时未见第二人。《自序》中说"就不会再写小说了"，似应添上一笔："心神不宁"，甚至是"心灰意懒"。

我写小说的资历应该说是比较长的，一九四〇年就发表小说了。解放以前出了个集子，但是后来中断了很久。解放后，我搞了相当长时间的编辑工作。编过《北京文学》，编过《说说唱唱》，编过《民间文学》。到六十年代初，才偶尔写几篇小说。之后一直没写，写剧本去了，前后中断了二十多年。一直到一九七九年，在一些同志，就是北京的几个老朋友，特别是林斤澜、邓友梅他们的鼓励、支持和责怪下，我才开始写了一些。第三次起步的时间是比较晚的。因为我长期脱离文学工作，而且现在我的职务还是在剧团里……

摘自《小说创作随谈》，"是在一次青年文学讲习班上的讲话"，时间是八十年代之初。

这里用了"中断"两字。这处提到"第三次起步"，别处只分解放前后。这里说到第一次中断的缘由，详述了"编辑工作"。第二次中断是：写剧本去了。怎么写起剧本来呢？是给放到京剧团去了。怎么去的京剧团呢？这里有一个一迈二十年的"坎儿"。人生有几个二十年呢？怎么不说明白一点。

我自二十岁起，开始弄文学，蹉跎断续，四十余年，而发表东西比较多，则在六十岁以后，真也够"费劲"的。呜呼，可谓晚矣……

《晚翠文谈·自序》。一九八六年出书。

书稿转了个出版社，耽搁了不少日子。这里多了个"蹉跎"，多了个"费劲"，多了一声"呜呼"。

我是四十年代开始写小说的。以后是一段空白。六十年代初发表过三篇小说。到了八十年代又重操旧业，而且一发而不可收，发表小说的数量不少。这个现象有点奇怪。为什么会出现这样的现象呢？

《汪曾祺文集·自序》，一九九三年。

这是九三年了。虽提出了问题，也还没有正面答复。只说到文学口号，把"为人生"变做"为政治"，"限制了作家的思想"。

评论家、文学史家有的注视这个"中断"，以为不只是个人遭遇，是几代作家一起的"中断"现象。虽分"戴帽子""不戴帽子"，但都要脱胎换骨，走上规定的道路。从此有的"断"在那里再也回不来。或是身体回来了，思维却僵在那里。或是僵倒不算僵，才华可是磨灭了。有以为像汪曾祺那样既早熟又晚成的，"中断"更有"典型"意义。史家叹道，可惜"炒作者多多，研究者寥寥"。

我当了一回"右派"，真是三生有幸。要不然我这一生就更加平淡了。

《随遇而安》，一九九一年作。

这里摘引的是开头几句。后边叙述经过，几无凄楚之词，亦无愤懑之声，倒落笔在下放劳动中，深入底层，接触民情的多种情趣。有几句解题的话——

××曾说她从被划为"右派"到北大荒劳动，是"逆来顺受"。我觉得这太苦涩了，"随遇而安"，更轻松一些。"遇"当然是不顺的境遇，"安"也是不得已，不"安"，又怎么着呢？既已如此，何不想得开些。如北京人所说："哄自己玩儿。"当然，也不完全是哄自己。生活，是很好玩的。

接着说"受过伤的心"，"他们对世事看淡了，看透了，对现实多多少少是疏离的。"

曾祺在"七十书怀"诗中，有一联是"书画萧萧余宿墨，文章淡淡忆儿时"。多次"自序"中，说到"中断"，淡得差不多"淡出"了。但别人把个"淡"字说他，往往又回道："把我说得不食人间烟火似的。"他也确有提刀四顾，破口叫阵的时候。我以为"淡"与"不淡"，都是实情。只怪他自己笔下讲究"沉淀"，排除"浮躁"。这篇文章的最后两句是：

为政临民者，可不慎乎。

淡呢不淡？再如逆来顺受的苦涩，随遇而安的轻松，等等，都是各自不同的感受，和各自的气质相关。但"客观现实"只有一个，这就有了比较，比如距离现实的较远或较近。

汪曾祺辞世，高邮县文联和亲属晚辈到北京来吊唁，有两个青年问我几句话，当时不及考虑也不便细答。过后想来，连家乡人也只知"晚成"，不大了解"中断"，无视"早熟"。

评论家、研究家也有的只知一九八〇年《受戒》一发表，受到"欢迎"和"赞誉"。一九八一年发表了《异秉》，更加令人"扩展""视野"，"开拓""思路"，"了解""传统"。

不知一九七九当年"乍暖还寒"，还有汇报"思想新动向"的会议，过来人都知道这种汇报念的是什么咒。有个单位把写"小和尚谈恋爱"的小说，当作动向列举出来。《北京文学》负责人灵机一动，要过来看看，《受戒》这才出世。《异秉》由我介绍给南京《雨花》新任主编叶至诚、高晓声，说是江苏作家写的江苏事情。他们两位十分欣赏，却不知道江苏有这么个作家，不知道其四十年代的名声，要我找机会引见。过了三几个月，未见发表出来，一问，原来编辑部里通不过。理由是如果发表这个稿子，好像我们没有小说好发了。这意思不是离发表水平差一点，而是根本不是小说。后来还是主编做主发出去，高晓声破例写了个"编者按"，预言这篇小说的意义。汪曾祺看了"编者按"说：懂行。

直到八十年代后期，文论结集《晚翠文谈》，先应约交给北京出版社。竟又通不过，责任编辑舍不得也不好意思退稿，走来和我商量，眼睛都红了。我说交给我，略加整理，添了两篇新作，介绍到浙江出版社。出书已经是一九八八年了。八十年代末还有这种情况。"中断"绝不是空白。"晚成"也不是立地成佛。"为'文'临民者，可不慎乎。"可以设想如若不发生几代人一起的"中断"，精神领域会是什么样子。

三十多年来，我和文学保持一个若即若离的关系，有时甚至完全隔绝，这也有好处。我可以比较贴近地观察生活，又从一个较远的距离外思索生活。我当时没有写东西，不需要赶任务，虽然也受错误路线的制约，但总还是比较自在，比较轻松的。我当然也受到占统治地位的带有庸俗社会学色彩的文艺思想的左右，但是并不"应时当令"，较易摆脱，可以少走一些痛苦的弯路。文艺思想一解放，我年轻时读过的，受过影响的，解放后被别人也被我自己批判的一些中外作品在我心里复苏了。或比照现在的说法，我对这些作品较易"认同"。我从弄文学以来，所走的路，虽然也有些曲折，但基本上能做到我行我素。

《晚翠文谈·自序》，一九八六年。

"三十多年来""也有好处","总还是""比较轻松",还"比较自在"了。因为"并不""应时当令"。怎么身不由己的"样板戏"遭遇,"应时当令"之极,也"淡出"了。连同一旦"由己",否定"三突出"的彻底之至,也忽略了。

也许"心平气和"是作家的难得的"气质"。但研究家却要面对绝不平和的现实,如先哲说的"一个也不宽恕"。

> 我没有对失去的时间感到痛惜。我知道,即使我有那么多时间,我也写不出多少作品,写不出大作品,写不出有分量、有气魄、雄辩、华丽的论文。这是我的气质所决定的。一个人的气质,不管是由先天或后天形成,一旦形成,就不易改变。人要有一点自知。我的气质,大概是一个通俗抒情诗人。我永远只是一个小品作家。我写的一切,都是小品。就像画画,一个册页、一个小条幅,我还可以对付;给我一张丈二匹,我就毫无办法。
>
> 《晚翠文谈·自序》,一九八六年。

曾祺多次给自己"定位",每次"定"的"位"都差不多。这次在八十年代后期,是晚年,可以有所"定论"了。曾祺是少有、毕生专攻短篇的作家。早在四十年代,才二十六七岁的时候,好像就有了"自知之明"。一九四七年发表的《短篇小说的本质》中,先说长篇小说:

从来也没有一个音乐家想写一个连续演奏十小时以上的乐章吧,(读《战争与和平》一遍需要多少时候?)而我们的小说家,想做不可能的事。看他们把一厚册一厚册的原稿销毁,一次一次的重写,我寒心那是多苦的事……

接着说短篇,出来一组警句:

一个短篇小说,是一种思索方式,一种情感形态,是人类智慧的一种模样。

他的老师沈从文先生抗日时期,在西南联大开课讲短篇小说中间,从"官面价值""市面价值"分析出来短篇"无出路"。就因"无出路",写短篇的和长篇中篇作家不一样了,只能贴近艺术,献身艺术。汪曾祺顺着这条思路,以年青的嗓音呼唤新的艺术。

我们设想将来有一种新艺术,能够包容一切,但不复是一切本来形象,又与电影全然不同的,那东西的名字是短篇小说。这不知什么时候才办得到,也许永远办不到。至少我们希望短篇小说能够吸收诗、戏剧、散文一切长处,而仍旧是一个它应当是的东西、一个短篇小说。

那么给自己"定位",除了"气质",还应当包含"思索"。虽是"小品",却有"大义"。那么年轻时候,就有了贯穿终生的"自知"?可不可以设想这早早的"自知"之明,在"蹉跎断续"的一生中,其实也起了"自律"作用。早年就生心写个小长篇——历史小说"汉武帝"。酝酿到"只写三件事",成熟到"只写三个场面"。直到"七十述怀","假我十年闲粥饭",要做的几件事中,有一件是"汉武帝"。七十七喜寿,也还没有动手。"自知"呢?"自律"呢?无论什么都是可惜的事情。新近的纪念文章中,多由衷的赞扬,不去"定"不"定位"。也有少数论者,大致和他的"自我定位"相似。也有从文学史的角度,认为是"断而复续"中"一个不可或缺的联结点","一个历史复杂关系的象征"。

一九八七年出版的自选集自序中,写道:

我所追求的不是深刻,而是和谐。

这个意思的话,在曾祺八十年代九十年代的文章里,反复出现,加上自以为"大概是一个通俗抒情诗人",再加上文字日益"平实""平易",是不是叫人觉着他的作品"美"而"浅显"?

可不那么简单。曾祺还认为过多考虑"作品的内涵",会带来"概念化",带来"思想大于形象",还说到"图解"那里去。他从来主张"沉淀","去掉浮躁","沉淀"到仿佛"童年回忆"。这样的"沉淀"不光靠时日推移,在于"思索","反复思索"。单单一个猫的故事,思索了六七年。那小和尚的恋爱,写的是四五十年前的初恋。曾祺在最后的日子里,说把先前用"思索"的地方,改用"凝视",因为"凝视"更带感情。

那么"追求和谐",不"追求深刻"的话,就不能只归到"浅显"里去了。

我的看法是"有感而发",是针对文学现状,提出清醒也是清净的主张。

开放以来,思路潮涌,思家蜂起,文学道路上,虽说应接不暇,不过大多走向求真,真善美之真。作品的"内涵",正如汪曾祺说的"考虑"过多,也就是倾向"深刻"了。

"终极"之论行时,探索世界、人类、生命的起点和终点,由哪里来到哪里去。连语言艺术的语言讨论,也富思辨。有的用"极难懂"的文字,进入玄学。曾祺忍不住说"先学会说中国话"。

何不放下文学,直奔哲学?

哲学伟大,文学的"美学感情"又岂可忽视?曾祺在"美学感情的需要和社会效果"中说到《受戒》的写作前后——

> 他们很奇怪:你为什么要写这么个作品?写它有什么意义?再说到哪里去发表呢?我说,我要写,写了自己玩;我要把它写得很健康,很美,很有诗意。这就叫美学感情的需要吧。创作应该有这种感情需要。

《大淖记事》也一样：

> 写了《受戒》以后，我忽然想起这件事，并且非要把它表现出来不可，一定要把这样一些具有特殊风貌的劳动者写出来，把他们的情绪、情操、生活态度写出来，写得更美、更富于诗意。没有地方发表，写出来自己玩，这就是美学感情的需要。

美是什么？如果要求用最简约的几个字说出来，又有角度不同，说法不一。有说作永恒、超越时空；有仅仅说精致；有权威一时的典型；有领过风骚的直觉；有说作感染力；有从性格上说是脆弱。汪曾祺的说法是两个字：和谐。这是一个作家的追求。

汪曾祺生前，大约只有过一次作品讨论会。那是一九八七年，《北京文学》承办，由我主持。规模不大，报刊上的反应平平。但有几个外国朋友闻讯要求参加，临时来不及办手续，未成。会上很有学术气氛，有的论点经久越见影响。比如北大的几位年青学者，"定"了个"位"，大意是"士大夫文化熏陶出来的最后一位作家"。

当时评论界有另外一句话，大意是八十年代出现了一位三十年代作家。字面上好像仿佛，实际贬义居多。汪曾祺为讨论会准备了一个发言，是他晚年一贯的文学主张。题目是"回到现实主义，回到民族传统"。

我也曾经接受过外国文学的影响,包括"意识流"的作品的影响,就是现在的某些作品也有外国文学影响的蛛丝马迹。但是,总的来说,我还是要回到现实主义,回到民族传统。这种现实主义是容纳各种流派的现实主义;这种民族传统是对外来文化的精华兼收并蓄的民族传统。

短和完整

《陈小手》是短篇杰作。

短,约一千七八百字。照现在的分类,归"小小说"。

再,完整。

散淡的"开"头,紧凑的"煞"尾,中间从容。聊家常,摆乡情,谈习俗。背景有军阀混战,长官专横。主角"陈小手"脱俗又"活人多矣"。"团长"的陪衬却如"点睛"。故事生动仿佛照录民间传说。

一个短篇,还要什么呢?

一千多字,怎么装这么多东西?

编者叫写短文,限千字往里,为帮助青年朋友的阅读。想来想去,还是先说这个"短"吧,说短,又不如先听听作家汪曾祺自己的说法。

"短,是现代小说的特征之一。"

"短，是出于对读者的尊重。"

"现代小说是忙书，不是闲书。""现代小说更符合现代生活方式，现代生活的节奏。""他们在码头上、候车室里、集体宿舍、小饭馆里读小说，一面读小说，一面抓起一个芝麻烧饼或者汉堡包（看也不看）送进嘴里，同时思索着生活。"

"小说写得长，主要原因是情节过于曲折……"

"小说长，另一个原因是描写过多。"

"还有一个原因是对话多。"

"长，还因为议论和抒情太多。"

"还有一个原因是句子长，句子太规整……"

上边抄录的，好像都只是标题。标题下边应该还有议论，是的，请青年朋友细看《陈小手》，想想，若不同意也不要紧，看看别的小说对照对照也好。

接着还不能不再抄录几句，那更加是"一家言"，做个参考如何？

"短，才有风格。现代小说的风格，几乎就等于：短。短，也是为了自己。"

青年朋友，其实《陈小手》这里，还有话说，不过说来就话长了。只可提一提，好比"参考题"，帮助思考思考。

《陈小手》扎根在"民族传统"，看来没有疑问吧，可又运用了现代写法，好比"意识流"，不妨找找看。

再，通篇像是"叙述"，不怎么"描写"。"叙述"起来和水洗了一般干净,又怎么能够和水洗了一般呢?

最后,想模仿一句:短,才有完整。

点评《陈小手》

《陈小手》的字数糙算一千八百，这样的篇幅现在很少见了。有人叫作小小说的范本，有的人视作散文或笔记体，总之不是小说。这两种意见的对立，又给评点增加了特色。

从开篇到"陈小手活人多矣"约千字，占全程大半，散淡悠闲，足见文字功力：干净而周到，平实又多味。有人以为文字再好，也不就是小说。写马一节，知识趣味俱佳，但与小说结构无关。

"马脖上的銮铃的声音。"有人想起童年、童趣、童谣与无忌的童言，有的人把这一段看作"套话"，是"想当然耳"。

"陈小手活人多矣"以后，仅八百字，第二号人物出场，小说结构出现，矛盾冲突立刻拉开，又立刻消失。

有人以为用的是"省略法"，"一目传神"也。

有人看作"脸谱化"，"主题先行"也。

末后一枪，结束小说，也结束了生活。

有人把这枪法，叫作"翻尾"。尾声一翻，扶摇直上。或叫"活子"，一子着地，全盘皆活。也有叫"顶心拳"的，似出意外，又中要害。行之有效，实难出手。有专门尊为"欧·亨利结尾"者，或不如鲁迅《离婚》中一喷嚏耳。

有人说汪曾祺认"结构"为"随便"，这一枪不是汪的风格，是从梅里美那里借来的。指名道姓，理直气壮。可惜"点评"很短，欲知后事如何，请在"回答"中分解。

附：

陈小手

汪曾祺

我们那地方，过去极少有产科医生。一般人家生孩子，都是请老娘。什么人家请哪位老娘，差不多都是固定的。一家宅门的大少奶奶、二少奶奶、三少奶奶，生的少爷、小姐，差不多都是一个老娘接生的。老娘要穿房入户，生人怎么行？老娘也熟知各家的情况，哪个年长的女佣人可以当她的助手，当"抱腰的"，不需临时现找。而且，一般人家都迷信哪个老娘"吉祥"，接生顺当。——老娘家都供着送子娘娘，天天烧香。谁家会请一个男性的医生来接生呢?我们那里学医的都是男人,只有李花脸的女儿传其父业,成了全城仅有的一位女医生。她也不会接生,只会看内科,是个老姑娘。男人学医,谁会去学产科呢?都觉得这是一桩丢人没出息的事,不屑为之。但也不是绝对没有。陈小手就是一位出名的男性的产科医生。

陈小手的得名是因为他的手特别小,比女人的手还小,比一般女人的手还更柔软细嫩。他专能治难产。横生、倒生,都能接下来(他当然也要借助于药物和器械)。据说因为他的手小,动作细腻,可以减少产妇很多痛苦。大户人家,非到万不得已,是不会请他的。中小户人家,忌讳较小,遇到产妇胎位不正,老娘束手,老娘就会建议:"去请陈小手吧。"

陈小手当然是有个大名的,但是都叫他陈小手。

接生,耽误不得,这是两条人命的事。陈小手喂着一匹马。这匹马浑身雪白,无一根杂毛,是一匹走马。据懂马的行家说,这马走的脚步是"野鸡柳子",又快又细又匀。我们那里是水乡,很少人家养马。每逢有军队的骑兵过境,大家都争着跑到运河堤上去看"马队",觉得非常好看。陈小手常常骑着白马赶着到各处去接生,大家就把白马和他的名字联系起来,称之为"白马陈小手"。

同行的医生，看内科的、外科的，都看不起陈小手，认为他不是医生，只是一个男性的老娘。陈小手不在乎这些，只要有人来请，立刻跨上他的白走马，飞奔而去。正在呻吟惨叫的产妇听到他的马脖上的銮铃的声音，立刻就安定了一些。他下了马，即刻进产房。过了一会（有时时间颇长），听到"哇"的一声，孩子落地了。陈小手满头大汗，走了出来，对这家的男主人拱拱手："恭喜恭喜！母子平安！"男主人满面笑容，把封在红纸里的酬金递过去。陈小手接过来，看也不看，装进口袋里，洗洗手，喝一杯热茶，道一声"得罪"，出门上马。只听见他的马的銮铃声"哗棱哗棱"……走远了。

陈小手活人多矣。

有一年，来了联军。我们那里那几年打来打去的，是两支军队。一支是国民革命军，当地称之为"党军"；相对的一支是孙传芳的军队。孙传芳自称"五省联军总司令"，他的部队就被称为"联军"。联军驻扎在天王庙，有一团人。团长的太太（谁知道是正太太还是姨太太），要生了，生不下来。叫来几个老娘，还是弄不出来。这太太杀猪也似的乱叫。团长派人去叫陈小手。

陈小手进了天王庙。团长正在产房外面不停地"走柳"。见了陈小手，说："大人、孩子，都得给我保住！保不住要你的脑袋！进去吧！"

这女人身上的油脂太多了,陈小手费了九牛二虎之力,总算把孩子掏出来了。和这个胖女人较了半天劲,累得他筋疲力尽。他迤里歪斜走出来,对团长拱拱手:

"团长!恭喜您,是个男伢子,少爷!"

团长龇牙笑了一下,说:"难为你了!——请!"

外边已经摆好了一桌酒席。副官陪着。陈小手喝了两盅。团长拿出二十块现大洋,往陈小手面前一送:

"这是给你的!——别嫌少哇!"

"太重了!太重了!"

喝了酒,揣上二十块现大洋,陈小手告辞了:"得罪!得罪!"

"不送你了!"

陈小手出了天王庙,跨上马。团长掏出枪来,从后面,一枪就把他打下来了。

团长说:"我的女人,怎么能让他摸来摸去!她身上,除了我,任何男人都不许碰!这小子,太欺负人了!日他奶奶!"

团长觉得怪委屈。

拳　拳

多能钥匙

上世纪八十年代，汪曾祺复出。年过花甲，不想小说清新惊世。汪亦精神奋发，凡口谈、心得、意会，笔录成集，题曰《晚翠文谈》。正是隔行如隔山，出版界自有章程，付印困难，辗转委屈成书。上市后又多有称道，文学青年中有诵读再三的。

二十年后，新世纪零二年，三联书店《精选文库》印行《晚翠文谈新编》。

"新编"编者说：作者辞世五年了，"聊表怀念之情"。其实很是拳拳的。五年亦如五指牢握成拳也。

"新编"有增有删。增者都还可喜，删去的可有商量。

把汪"怀念"沈从文老师的文字收集一起，对师徒二人都有意义。就从这里说起吧。汪踩着沈的脚印，可以说亦步亦趋，可又各自走路，哪个也一根筋似的我行我素。都拜美为生命，供奉人性，追求和谐。沈投奔自然，"边城"的翠翠就是山光水色，爷爷淳朴如太古，渡船联系此岸彼岸，连跟进跟出的黄狗也不另外取名，只叫作狗。

汪出生在战乱，成长在离乱，中年以后，在动乱中戴上帽子。前辈有位戴帽下放，自己形容"逆来顺受"，汪以为措词"清苦"了。更不同意一位后辈的"娘打儿子"论。汪自许"随遇而安"，那是顺其自然的意思了。复出以后，走笔生命健康，生活欢乐。有回我说我读来每每感受愉悦，说做欢乐好像强烈一些了，汪默然。过后，他说他要写的是欢乐。

名篇《受戒》《大淖》《异秉》，写时甚至都不打算发表，自己玩玩，写健康，写欢乐。总归起来是"美学感情的需要"。这句话当代不大流行，却是汪的紧要。

汪多次表白"追求和谐"，"不求深刻"。小说若分"求美""求真"两条路，他的名篇都因由"美学感情"的启动。可又主张"效果问题是个很严肃的问题"。严肃到"文章千古事，得失寸心知。得失首先是社会的得失"。

"求美""求真"，两者得兼是什么样子？我们读作品读到写实和写意，"美学感情"和"社会效果"，人性和理性，成色和败笔……我们需要钥匙，打开一些疑团。万能钥匙大概是没有的，多能钥匙就好。

沈从文创造了湘西，姑且仿照"恒温"语法，沈的湘西"恒美"。沈老师又和贺老总同乡同时代，他们的湘西都多彩又基调大不相同，或尚血红，或崇青绿。读者认哪个的好，手里拿着多能钥匙好多认几个门儿。

这样那样的多能钥匙，一把也不能丢。

沈汪师徒都做短篇胜业，七八十年前，沈就说短篇于官场商场都没有出路。只有极少数人为艺术，才写短篇，结论竟是短篇必有前途。前几年汪一再地说："短，是现代小说的特征之一。""短，才有风格。现代小说的风格，几乎就等于：短。""短，是出于对读者的尊重。""短，也是为了自己。"

这不光是说长道短吧。这又是一把多能钥匙吧。这样的钥匙不能丢，就是丢了，也要捡回来。你不捡，总会有人捡的。

三联书店《精选文库》的"缘起"中说："精品的价值在于传世久远，精品的意义在于常读常新。"开本版式等等，都要"方便读者收藏"。这就是该捡就往回捡的意思。

放言方言

上世纪八十年代，我回了趟家乡。写了系列小说"矮凳桥"。用上不少温州方言，这当然是"有意为之"。文友中有夸的有嫌的，嫌者，嫌涩也。涩有方言"羊儿涩"；牵羊不走，四脚撑地，身胴后坐，车车（音妻）拔拔犹听四个蹄子咕呲咕呲地皮。这个"羊儿涩"是涩的极致，用普通话来说，难到极致的份儿。

那年在家乡酒桌上，文友列举温州方言名声在外，有形容作鸟语，竟有比方外星语的。硬说某时某地某次战争，用温州兵做火线上通信兵，把敌方破译专家吓蒙了，莫非是外星语言？其实两千年前曾有东瓯国，今天的特别可能是远古的残留，也可能山环海瓯，历来通用范围特碎。

酒桌上闲拌，东西南北寓居北京的，不免乡亲崇拜首都肯来做客，主家接待套话，不分省籍，不外"玩玩，吃吃，看看戏"。唯独东瓯国语，套话里每个字的发音，都近似丝字，一丝到底，但凭声调区别。这够"外星"不够！若再加上词汇不同，加上语法别样，岂不极致之至！

事隔十多年，乡弟瞿炜，新近议论方言，还回忆酒桌闲拌光景。

汪曾祺评论"矮凳桥"的长文（在他是长文），末尾也落在方言上："斤澜有一个很大的优势，他一直能说很地道的温州话。"怎么说作"优势"了！"在方言的基础上调理自己的文学语言，是八十年代相当多的作家清楚地意识到的。""他把温州话融入文学语言，我以为是成功的。但也带来一定的麻烦，即一般读者读起来费事。"

"调理自己的文学语言"，我以前比过揉面，要揉软、揉匀、揉透，要加水，要掺干粉。文学语言要不断揉进新鲜养分，不断地丰富。这是自己的面貌，也是民族的体态，也是文学的骨骼。这些养分大部分来自方言，或经过方言而来。一方水土一方人，方言是一方水土的言的美，一方人物质生产精神生产的总和的味。一个作家只会说"普通话"，干什么都无碍，只是到了文学这里，就会语言无味，语境不美。有人说得苛刻：写了七八本书，也还面目不清。

兹事体大，就是担点风险也该当。若认识写作是创造性的劳动，就贵在创新。若愿意比做揉面，要知道揉软、揉细、揉匀。好比把语言打整流利了，流利又流利，也有可能失掉个性。好比由崎岖走向平实，由华丽走向平淡，平之又平，把七情六欲也摆平了，就有可能下笔干枯了，一种封闭型的语言无味。

揉进方言的风险主要是涩。"羊儿涩"是极致，不能卒读，只好宣布失败。不过失败也还在寻求丰富的大方向。纠纠偏，往回走走，落个硬语铮蹦也不算言语无味，面目狰狞也算得自己的面貌。还有个说法可以开心，涩是一味，带点涩味的文章耐读。

新近众乡友来到北方，采访"温州商城"的开张，酒桌上还是闲拌方言的利弊。我前后的意思都是放言方言，为了揉面的需要。也是汪曾祺说的"调理文学语言"。

与《北京文学》谈汪曾祺①

　　《北京文学·中篇小说月报》编辑（以下简称编）：汪曾祺是中国新时期文学非常重要的作家，八十年代引起轰动的作品《受戒》就是在《北京文学》上发表的。今年又是《北京文学》创刊五十五周年，回顾一下汪曾祺，品味他的写作艺术，是一件让人感到有意义的事情。您还记得汪曾祺当年带来的轰动效应吗？

　　林斤澜（以下简称林）：他是上世纪四十年代的老作家，八十年代复出。以小说《受戒》一炮惊人，读者打听这是什么人？这是什么小说？小说可以这样写？还有这样的小说吗？

　　编：《陈小手》在汪曾祺的作品中有什么重要价值呢？

　　林：在他的作品中，迄今各种选本，选存最多的怕是《陈

---

　　① 本文为作者就汪曾祺与《北京文学·中篇小说月报》编辑的对谈。原刊发标题为《与林斤澜谈汪曾祺》。

小手》。精练不足两千字,读者惊问:怎么这样小?这是小说吗?别的小说"开篇"也不够?这么小吗?故事曲折、情节动人告诉我们许多事,还能这么小吗?

有人说老话:"虽好却小,虽小却好。"

编:汪曾祺在他几十年的创作中,没有写过长篇,他的作品最长的也不过几万字,都可以划入短篇的行列。"短"是他作品的一大特色了。

林:这就叫作"说长道短"。

汪曾祺到北大演讲,吸烟半支,回答问题,曰:"我不知道长篇是何物!"

文谈中曾说:"没有这么长的故事。人生也不连贯成长篇。生活都是一篇篇短篇小说。"

说到短,一再成文,曰:

"短,是现代小说的特征之一。"

"短,才有风格。"

"现代小说的风格,几乎就等于:短。"

"短,是出于对读者的尊重。"

"短,也是为了自己。"

但,汪写过《儒林外史》的剧本,参与过戏曲《红楼梦》的讨论,还因高谈阔论人称"半个红学家"。这也是事实。

编:汪曾祺是一个非常注重语言的作家,可以说他将白话与文言很好地结合起来,读他的小说首先就是感受语言本身的魅力。

那么在您看来，汪曾祺小说的语言有什么独到之处呢？

林：写小说就是写语言。

汪曾祺言出如"掷地"，读者听来"作金石声"。有人视作"三言"："警世恒言""喻世明言""醒世通言"。也有人以为"危言"，危言耸听也。他有考虑片面方能深入的只语片言。

上世纪三十年代时，我初遇文艺，得到教益说："语言是一切思想一切事实的外衣。"

世纪末汪曾祺说"写"语言，"写"，包括外衣与内容。是把语言玩到"顶格"去了。比三十年代说的还"出推"。隔了五十、六十、七十年代，听来为隔世。

编：您的小说也非常注重语言的表现力，这与八十年代汪曾祺对于语言的强调不谋而合。

林：是的。八十年代里他还说"调理""文学语言"。这里用"调理"，不用通常爱用的"创新""树立""改造"。

还说到"在方言的基础上"，好比"揉面"，把"方言"揉进去，丰富营养。这个比方在我们交往中聊过，双方都曾写到书上。若分先后，一般以他为先。后有评论家在我某本书的"后记"中，最先读到。

编：能够欣赏汪曾祺语言的妙处，是不是就读懂他大半了呢？

林：语言，"是八十年代相当多的作家清楚地意识到的"。我想是不是也有"相当多的""意识"不"到"。但，无论如何，语言是读汪的关键。又想：也只能说"读汪"，还不能说"懂汪"，更不能"写汪"。

　　写汪须知汪的"昧",更知汪的"未","未"是未来之未,未实现、未确定、未存在、未和谐之未。这也说不清楚,请读《嫩绿淡黄》,或可揭开地毯一角。

注一个"淡"字
——读汪曾祺《七十书怀》

马年上元灯节,汪曾祺七十寿辰,全家三代九人团聚。七十称古稀,"三"在俗语里是好事不过三,"九"可是太极中的极阳之数了。总之,在生欢喜心。没有邀请外人参加,"不足与外人道也"。大约也没有外人要求前来,这与一个"淡"字有关,且听慢慢道来。

设想那天上午,儿子儿媳带着孙女到来,大女儿大女婿带着外孙女到来。设想那天早晨,写了首"书怀"诗,诗兴中寿翁偷喝了一口早酒。孙女外孙女进门一叫抱住,会立刻闻见,又会立刻嘟嘟地报告奶奶(姥姥):"爷爷(姥爷)喝酒了。"老太太会告诉女婿儿媳:"你们爸爸惜命了,忌白酒了。可是柜子里的白酒瓶子,怎样自己空了呢?"

不消说,重要节目是家宴。寿翁整个是美食家,整个既会食又会做，不过早在六十花甲当时，已宣布退出烹坛。何必动用宣布二字？只因远客近客吃了人家的当面说好不算数，背后说好才是"真生活"，不免口碑远传海外。烹坛接班人中一把手是儿子汪朗。老爷子为了"安全着陆"，声称一把手青出于蓝。儿子不无得意，但说还靠老头点拨。二把手是二女儿汪朝。大女儿汪明自称劳动力，未嫁前还自号贫雇农，可见气魄非凡。老夫人施松卿是翻译高手，偶尔涉足烹坛，仿佛误入禁区，只能让人热烈欢送出，只得笑吟吟给儿媳、女婿、孙女、外孙女分点心递水果。不过也敢是非褒贬。真正的评论家是二女儿，她守在父母身边。大约十来年前，老爷子还在"花甲"，正在"衰年变法谈何易"，连续以《异秉》《受戒》《大淖》一新耳目的时候，有天，二女儿说："我爸爸的小说还是不登头条的好，放在第三四篇合适。"稍稍迟疑，找补一句："林叔叔，您的也一样。"这话怎么听好？林某考察诸叔叔的女儿们，再没有会说得这般言语出来。十来年后的今天想起，也还只能说"这话怎么听好！"

不过把话收住，想象七十寿辰寿筵上，不会有这种话头，也不会有老爷子怀念的带四个轱辘的自制兔子灯，给孙女外孙女拉着跑。因为华居局限，九口人到齐只可三个姿势："立如松，坐如钟，卧如弓。""不宜出行。"

过后，曾祺写了一篇《七十书怀》，发表在四川的《现代作家》上。很多人没有读到，只在报纸上看到摘要，像是"简明新闻"。

摘要没有摘上《七十书怀出律不改》，这是一首七律：

> 悠悠七十犹耽酒，
> 唯觉登山步履迟。
> 书画萧萧余宿墨，
> 文章淡淡忆儿时。
> 也写书评也作序，
> 不开风气不为师。
> 假我十年闲粥饭，
> 未知留得几囊诗。

文章后半，又解释道："……'出律'指诗的第五六句失粘，并因此影响最后两句平仄也颠倒了。我写的律诗往往有这种情况，五六两句失粘。为什么不改，因为这是我要说的主要两句话，特别是第六句，所书之怀，也仅此耳。改了，原意即不妥帖。"

摘要者放过"也仅此耳"的"原意"，着重在第四句的"淡淡"两字上。

关于"淡淡"，寿翁又自有一段解释。文字不多，层次倒不少。若只摘出几句来，有碍全貌，想想还是都抄它出来"妥帖"。

> 有一个文学批评用语我始终不懂是什么意思，叫作"淡化"。淡化主题、淡化人物、淡化情节，当然，最终是淡化政治。"淡化"总是不好的。我是被有些人划

入淡化一类了的。我所不懂的是：淡化，是本来是浓的，不淡的，或应该是不淡的，硬把它化得淡了。我的作品确实是比较淡的，但它本来就是那么样，并没有经过一个"化"的过程。我想了想，说我淡化，无非是没有写重大题材，没有写性格复杂的英雄人物，没有写强烈的、富于戏剧性的矛盾冲突。但这是我的生活经历，我的文化素养，我的气质所决定的。我没有经过太多的波澜壮阔的生活，没有见过叱咤风云的人物，你叫我怎么写？我写作，强调真实，大都有过亲身感受，我不能靠材料写作。我只能写我所熟悉的平平常常的人和事，或者如姜白石所说"世间小儿女"。我只能用平平常常的思想感情去了解他们，用平平常常的方法表现他们。这结果就是淡。但是"你不能改变我"，我就是这样，谁也不能下命令叫我照另外一种样子去写。我想照你说的那样去写，也办不到。除非把我回一次炉，重新生活一次。我已经七十岁了，回炉怕是很难……

有关这一段，我听见一些议论。有人说，他说不懂淡化是什么意思，倒不懂他为什么说这个。有人欣赏"你不能改变我"，不能命令我照另外一种样子去写。有人不同意"'淡化'总是不好的"……看来，大多是只看见报上的摘要，没有读到全文。若细看全文的各个层次，问题可能就没有了，也就是"化"了。

因此我也不细说别人的看法，只说说我自己的一些感想。

曾祺解说他的"淡"，说到文化素养，说到气质，但第一句话是"我的生活经历"。看到这句话，我心里磕绊一下。"磕绊"，是不能顺利通过也。

一九八八年，在北京座谈曾祺的作品，好几位评论家作了认真的准备，有的远道赶来。我作为座谈的主持人，当时就以过于"小型"为憾，那也是"钱儿"的关系吧。今日回想起来，"虽小却好"，那诚恳的气氛，那认真的思考，学术空气回旋不散形成怀念——都可以说作怀恋了。

有几位同意一种说法，汪曾祺继承了源远流长的"士大夫"文化。光"士大夫"这三个字，就表明了中华民族特有的东西。有人慨叹只怕这样的作家，以后不大可能产生了。因为那是需要从小开始的"琴棋书画"的熏陶，今后不大会有这样的境遇。

这就说到曾祺的"经历"了。我想"从小开始"大约是不会错的，"从大以后"另作别论。

曾祺不时说起他父亲作画，他见机钻了去傻看——看傻了的情景。"见机"是因为他父亲疏懒，须得春秋佳日，花月佳时，仿佛心血来潮才打开画室。可以说是一种"纯情"的行为，不是职业，也不是事业或什么业，总是不以为业吧。画得怎么样呢？反正乡里中颇有名气，求画的不少，拿了纸来卷成卷儿，贴一条小红纸——叫作"签"吧，上书"敬求法绘，赐呼某某"，堆了一堆。到了个什么日子扫扫房，他父亲一卷一卷拿起来看看姓名，往旁边一扔一扔：

"过世了。"

"不在了。"

试想时日的悠悠。

父子都爱喝酒，父亲给儿子斟酒，说：

"多年父子成兄弟。"

这句话震动过少年的心。汪朗"烹坛"接班过程中，还有别的更加动情的事件，猜想曾祺心里，都出现过这句话。

抗日战争发生，曾祺在扬州念完中学，读了沈从文的小说，绕道越南，进入云南，去读西南联大的中文系。加入像俞平伯在北京倡导的昆曲社清唱——叫作"拍曲子"。大约三十年后，汪曾祺从"牛棚"里给提溜出来，奉命写样板戏，写出阿庆嫂开茶馆的那几段唱词道白，那要没有渊源怕办不到。

八十年代的编辑新人、文坛新秀，有的以为汪曾祺是样板戏时期出现的新作家。其实他在四十年代就出过小说集子。在西南联大上学中间，在沈从文的写作课上，就写起小说来了。沈从文向文艺界推荐他的小说，用语简单，分量不薄："他的小说写得比我好。"

曾祺读完大学的学年，不说是高才生吧，也是有了作品的人，却没有拿到文凭。原因是体育不及格，不及格的原因是不去上体育课。这种事情其实若让流亡学生办起来，好办得很，公了私了硬了软了，都是了得了的。曾祺虽也来自沦陷区，但不在流亡学生之数。他是书生。不用说旧社会，就是今日，文凭这张纸按"白马非马"的句法，这张纸不是纸。这个书生偏偏只把它当张纸，甩手一走。

抗日忽然胜利了，解放战争紧跟上来。曾祺在上海混了一阵，到北京，失业。

旧社会的失业学子是什么情况？和现在的待业知青可不一样。现在就算吃不得父母的饭，总还可以在老屋里摆张单人床。若是"练练"摊呢，再走一步"倒倒"呢，发不发的单瞧你自己了。在旧社会，没有这样的头路。后来，还是他老师沈从文，给在"推出斩首"的午门城楼上，找到一个"出土"饭碗。这里的引号，不是引的曾祺的话，也不是我的词儿，是我听来的。

那时候我还没有认识曾祺，他的文章也不知读到过几分之几，他自己手里也不齐全。只知道没有读见呻吟或是叫喊，倒有一句话不能忘记："北方不接受我。"

我想着这是"超过"沈从文了。沈从文在自叙经历时说："这乡下人又因为从小飘江湖，各处奔跑，挨饿，受寒，身体发育受了障碍，另外却发育了想象……"在感谢别人的帮助时说，若不，"……就卧在什么人家的屋檐下，瘪了，僵了，而且早已腐烂了。"

"不接受我"，倒像是谈龙谈虎时候周作人的意思。老民国政府欠薪不发，周作人说是"政府代我们储蓄"。住房狭窄，来客只好坐在书房里，书房只有一把藤椅比较舒适。他写道："凑巧没有客厅。"

曾祺在六十九岁时，写过一篇"自报家门"，有关失业的事，只写道："到北京，失业半年，后来到历史博物馆任职。"

曾祺说自己"衰年""回到""平实"。从"北方不接受我"到"到北京，失业半年"，文字上是"平实"了。也可以说"淡"之又"淡"了。

一九五七年"反右"，汪曾祺挨上批判，是"题中应有之义"。一九五八年补课，补上了帽子，据说也属缺额补足之事。

当时批得有滋有味的，有一首只有两行的短诗，八十年代汪曾祺编自选集，放在卷首。

早　春

当风的彩旗，

像一片被缚住的波浪。

过后，下放到塞外张家口农场劳动。若包括后来"知青"的下放，这是几代同行不少人有过的经历，也是写得不算少的题材。曾祺也写过一些，我读到的有古风古趣"盎然"的小城镇——"盎然"放在这里，觉得还是打上引号吧。读到因身怀书画本领，派去画土豆标本，不免把标本当花卉画，把画罢的土豆在火边烤，埋在火灰里煨了吃，喷香。冬天，六七个人一个组，到镇上淘粪坑，那是有机好肥料，冻了冰，不臭。赶上那三年饥饿年月，休息时在背风墙脚挤着蹲着，他掏钱买包点心，大家滋润。一起睡大炕通铺，他就一样和别人不同，枕头边上放着几本线装书……

六十九岁的"自报家门"里写道：

"……我和农业工人（即是农民）一同劳动，吃一样的饭，晚上睡在一间大宿舍里，一铺大炕（枕头挨着枕头，虱子可以自由地从最东边一个人的被窝里爬到最西边的被窝里）。我比较切实地看到中国的农村和中国的农民是怎么回事。"

后来摘帽调回北京，又因胸中有戏曲被分配在京剧团，写了《芦荡火种》。"浩劫"来时，当然是牛鬼蛇神进了"牛棚"，忽然上头又把《芦荡火种》看中了，从"牛棚"里提出来改作样板戏《沙家浜》。

当时我也不免住"牛棚"。一天，忽然看见节日上天安门城楼的名单中，竟有汪曾祺敬陪末座。大奇！祸兮福兮，莫名其妙！

到了"四人帮"倒台，他又成了"黑"的，还要"说清楚"。现在若写这一段经历，我们大多只有一条：一九××年，解放。他是两道箍：一九××，解放。一九××，解脱。箍者，即"紧箍咒"之箍。解放与解脱，则表现了我们是文字的泱泱大国。

这两道箍中间的经历，曾祺自己也有简淡的叙述，为了篇幅，都不引用了。还有好些话头，也一一放开。就这压缩的一堆，还怕读者觉得啰嗦了——怕曾祺会这么想的。

坐在曾祺家里，喝喝酒，天南地北。就是不谈这些，他不谈，一家人都不谈。仿佛这份人家什么事情也没有发生过，老的没有遭过劫难，少的没有受过影响。有回在旅途上，我差不多用了盘问方式，曾祺才略略说起，他的夫人有过"见不得井绳"那样的后遗症。末后几个字，轻得吃进去了。还能接着盘问吗？

他没有出过"准全集"的文集，只出过一次自选集。扉页上印着"墨迹"，是三首七绝。只有一首有这么两句："大乱十年成一梦，与君安坐吃擂茶。"序言里说到在北京的经历，只说"……以后一直住在北京——当中到张家口沙岭子劳动了四个年头。"连知道这些底细的人，也会一眼看滑过去了。

现在叨叨这些干什么？若介绍他的生平，远远没有说够。若为了别的，那得看为什么了。其实我只为读了他的《七十书怀》，觉得引起注意的关于"淡化"的一段，要做一个注解。说到底只为注一个"淡"字。

他这一段文字不但层次多，还光彩照人。不过我有一个半不同意。一个是冲着"生活经历"，半个是"琢磨""'化'的过程"。

就凭这么个简历，能说是"平平常常"吗？"戴帽子"，"两道箍"，能"平常"得了吗？他说："我只能用平平常常的思想感情去了解他们，用平平常常的方法表现他们。"这说的是"平常心"，不是经历本身。曾祺的"平常心"我很欣赏，以为难能可贵得不平常。但，欣赏不等于同意。若说这些都是中国知识分子的共同经历，好比浩劫中间，萧军前辈当众说道：这一回一网打尽了。能不能够把差不多是一网打尽，算作各人的平常遭遇？可不可以正因为一网打尽，倒是极不平常的历史！

有人笔下抢天呼地，有人呕心沥血，有的曲折离奇，有的偏偏在夹缝里描出闲情逸致来，有的着意精神的扭曲变形，有的超脱而执着平常心态……读者或喜欢这样，或不爱那样，那是读者的自由。

我觉得这样那样，都可以是真情。确实复杂到不知多少个方面，着重哪方面是作者的权利。过来的人都不容易，这点权利还不许可？

只有一种，我不能接受。把家破人亡的一个劫，极尽编排之能事，为的洒向人间都是爱。那么，这究竟是劫不是？

我想：这是鲁迅说的哄与骗而已。

鲁迅先生论"白描"，说出十二个字："有真意，去粉饰，少做作，勿卖弄。"岂止"白描"，是为文之道，其实也是为人的格言吧。

这十二个字牵头的是"有真意"。曾祺的"淡"，欣赏起来是"浓"。这"浓"又不是到了嘴里化不开。好比"茶道"，第一道爽口，第二道出味儿，第三道透通……那"淡"是"方法"。那"浓"是"真意"。

"……我的作品确实是比较淡的，但他本来就是那样，并没有经过一个'化'的过程。"这几句话里，也有杠好抬。曾祺在日常生活中，是个随和的人。人能够随遇而安的也还不少，不过他往往比别人来得自然。唯独到了谈文上头，那自信也往往叫我惊讶，叫我想着自己怎么会正好相反。试看常有这种句子："小说是回忆。""写小说就是写语言。""不知道长篇小说为何物。""结构的原则是：随便。"……

认真和他抬杠，又抬不起来。刚一露杠头，他就不作声了。这也是性情，好像随时可以超脱出去。再也是读书多，一露头就知道是条什么杠。他有一位酒后痛诵唐诗的祖父，春秋佳日打开画室的父亲，中国旧书在少年时读了不少。进了西南联大中文系，却转过来读外国翻译作品，纪德、萨特、沃尔芙、契诃夫、阿索林、蒙田……开手写小说，运用意识流方法。现在自选集的头篇《复仇》，写于一九四四年。在国内，算得是老牌意识流了。

八十年代开放声中，一阵阵萨特热，弗洛伊德热，意识流热，魔幻热……汪曾祺却已经"回到民族传统，回到现实主义"，追求"平实"，追求"和谐"，"希望能做到融奇崛于平淡，纳外来于传统，不今不古，不中不西"。

岂可怪我固执己见，他的"淡"里边是"浓"的。

他也还走私似的把意识流挟带进来，不过要做到"评论家都不易觉察"。他的做法是在传统里寻找法门。要他举例，会举王昌龄的"玉颜不及寒鸦色，犹带昭阳日影来"。——这样带进意识流。李商隐那里，挟带更多了。

曾祺写完一篇得力或得意的东西——他叫作"爬大坡"；坐下来歇歇腿的时候，好想：这篇东西像谁？在四十年代，他想到的只怕是高鼻深目了。现在，他想到归有光的"影响"，张岱、龚定庵的"痕迹"。写完了《受戒》，也想这想那来着，最后确定是《边城》，他老师的名作。这一想想得最好。和前边几位的关系，外在的东西多些。《受戒》和《边城》，是内在的呼应。了解到这一点，可以互助着欣赏两篇精品。

既是抬不得杠，索性老生常谈吧。

郑板桥论画竹的三种竹，一是自然之竹，二是胸中之竹，三是笔下之竹。都是竹，又顺序而来，却三者不一样。

曾祺从胸中之竹到笔下之竹，就算它没有一个"化"的过程，咱们先让过这一着。

那么从自然之竹到胸中之竹的过程，却能够长达数十年，十多年，最近期的也是三五年吧。他什么时候有过"同步"的作用？"同步"原不大可能。在他那里，谁也会说没门儿。

五十年代中间，沈从文已经奉命改行去考古了。已经提起出土的丝绸，津津有味、孜孜不倦、苦苦追求……但我看，这位小说名家没有忘情小说，北京作家协会有些小小的讨论会，通知他，他就静悄悄地走进来，带着"乡下人"的微笑，静听毛头后生的下乡下厂的体验。不大说话。有回，发言了，声音照例细小，但，他那仿佛永恒的微笑消失了："我不会写小说了。我不懂下乡几个月，下厂几个月，搜集了材料，怎么写得出小说来。我从前写小说，都是写的回忆，回忆里没有忘掉的东西……"

曾祺在《〈桥边小说三篇〉后记》中说：

"……但我以为小说是回忆。必须把热腾腾的生活熟悉得像童年往事一样，生活和作者的感情都经过反复的沉淀，除净火气，特别是除净感伤主义，这样才能形成小说。但我现在还不能。对于现实生活，我的感情是相当浮躁的。"

这里说的是什么？难道这还不算是"化"的过程？这个杠抬得好吧？整个是"以子之矛攻子之盾！"我老家把这样的好法，

叫作"无批"。

有的青年同行送曾祺四个字:"仙风道骨。"是敬重他的超脱,他的天然,他的灵感,他深厚的民族文化的"根"。不过"仙""道"两字,带着不食人间烟火的味道。

他们把"对于现实生活,我的感情是相当浮躁的"这样的话,泛泛看过去了。他们不知道这位七十的汪老,有时候激动起来,会像十七八那样冲刺。当然是言语上,也当然特别是酒后。我常常哑巴了,不是无辞以对,是想起一句广东话——老头又"生猛海鲜"了。

曾祺自己以为"受影响较深的,还是儒家"。不过他没有引用过"克己复礼"那些话,他乐道的是"夫子喟然叹曰:'吾与点也。'"那"暮春者,春服既成,冠者五六人,童子六七人,浴乎沂,风乎舞雩,咏而归"。

这种"超功利的率性自然的思想,是生活境界的美的极致"。他觉得孔子"并且是个诗人"。

他爱讲"文气"。气在字里行间,但又必须落实在炼字造句上吧。他追求"和谐",方法上又强调"随便"。他向往苏东坡的"行云流水""行于所当行,止于所不可不止"。他当知道这是要"随物赋形"的,是"姿态横生"的。但,他要平淡。好比现在流行的练气功,要"以意导气",要"松静自然",方入气功境。须知这个气功境,也是"要"出来的。

这么一说,好像这里边有多少矛盾似的?不。统统让"率性自然"统起来了。若论"化的过程",统统"化"在"返璞归真"的路上了。"返璞归真"多半是道家的话,但化为平淡,不是哪一家的事,是"美的极致"的一种。既是"极致",怎么又是"一种"呢?因为我们谈的是"美",不是"仕途经济"。

沈从文早年有过几句"夫子自道",近年因朱光潜用其意又发挥了几句,仿佛重新"曝光"一番,令人眨眼。这里摘录原文:

"这世界上或有想在沙基或水面上建造崇楼杰阁的人,那可不是我。我只想造希腊小庙。选山地做基础,用坚硬石头堆砌它。精致、结实、匀称,形体虽小而不纤巧,是我理想的建筑。这神庙供奉的是'人性'。"

汪曾祺也曾"自道":

"即使我有那么多时间,我也写不出多少作品,写不出大作品,写不出有分量、有气魄、雄辩、华丽的论文。这是我的气质所决定的……人要有一点自知。我的气质,大概是一个通俗抒情诗人。我永远只是一个小品作家。我写的一切,都是小品。……"

"……我的作品不是悲剧。我的作品缺乏崇高的、悲壮的美。我所追求的不是深刻,而是和谐。……"

师徒二位,尽管有意愿的不同,更不必说用语的区别了。也有气质的素养的相异。但,好像山岩溪流,水源来自地下,在多少公尺深处,一脉相承。

回想那年讨论会上,几位中青年评论家,提出源远流长,又只有中国才有的"士大夫"文化。这个说法，有见地，很叫人思索。

若从师徒不同处看来，我想曾祺说的气质以外，当和时代大有关系。沈从文那一番话是三十年代说的，汪曾祺是八十年代的自述。相隔半个世纪。这五十年的时代风云，这五十年的文坛浪涛，正是四川人说的："要话说。"北京人说的："没话说。"我老家的土话是："有得讲爽。"爽，是说不尽，又是说不清。

在生理年龄上，曾祺不过比我大几岁，但放到通常所说的文学年代上，他早我一个年代。在文学发展上，有时候两三个年代都差不多，有时候上下一个年代是两篇历史。从个人经历上看来，他的确是书生。书生和士大夫，都是中国特有的词儿。记得五十年代，为翻译重要诗词，为"书生"这个名号，伤透了学贯中西的学者脑筋，找不着相应的言语。

"衰年变法谈何易"，是丁聪画了汪曾祺的漫画头像，曾祺自题诗中的一句。他往哪儿变呢？"回到民族传统,回到现实主义。"原来这个变是变回去。其实在原来的路上，他是已经扎下根子，出了芽，长了枝条叶片。是中途长出别样的枝子，还疯长了一阵一势。那么是不是走了冤枉路？现在找后悔药吃了呢？不，反倒是该这么着才好。在《七十书怀》的末后，曾祺"怀"着青年，说：

"我希望青年作家在起步的时候写得新一点，怪一点，朦胧一点，荒诞一点，狂妄一点，不要过早地归于平淡。三四十岁就写得很淡，那，到我这样的年龄，怕就什么也没有了。这个意思，我在几篇序文中都说到，是真话。"

是肺腑之言。

也是说了"回到"的内涵。也是说了"淡"不只是个"淡",先的"淡"和后的"淡"有质地的不一样。

《中国作家》要我谈谈汪曾祺。我想了想,只谈一个"淡"字,谈法就用曾祺提倡的"随便"。结果这么零碎又这么长,可见"随便"不容易。正好"文汇"副刊要我写些叫作随笔的散文,要取个栏名,我说叫作"随便随笔"吧。他们不同意,说那不太随便了吗。可见也有以为随便不好的。我改成"随缘随笔",他们点了头。这篇东西不能成为曾祺的"随便",算作我的"随缘"吧。什么是"缘"?俗话里说法不少,我老家有一句是"五百年前相伴乘过一条船",倒有意味。再加上老家土话,船与缘同音。

纪终年

汪曾祺一九二〇年旧历上元灯节，出生在江苏高邮。小时候，他多才多艺的父亲，自制了个兔儿灯，下带轱辘，让他过生日拉了跑前跑后。他七十岁还惦念这灯，这乡土的烛光如梦的灯节。

终年七十七，"古稀今不稀"。好像走得也突然，刚写完的稿子还没有交稿，要画要字的正不少，还有官司盯着，小报上新有挑剔，当然，有邀请，有约会，有盼望见面的文友……

曾祺走后第二天，忽然觉得这回辞世早有准备。这一觉，仿佛眼前一亮，把些纷乱印象水洗一样清晰了。什么从容、豁达、安详……都成了陈词。我想说是一种境界。什么境界？想说是"审美"。他是一个真正的艺术家，先让我这么说着吧。

我们刚去四川，参加一个"跨世纪"的笔会，回来才一周。五月十一日晚上，他大量吐血，估计可有千多CC——一位特护指着吊瓶说，总有两三瓶。当即呼叫急救车，送到友谊医院抢救，止住了血,十六日上午八点还好好的,十点再次出血,这回是向下走,立刻摸不着脉息,量不着血压,继续抢救两小时,不治。

住院头尾才六天,友好同行都还不知道,辞世消息一传出来,我这里电话不断,大家当然是震惊。

其实早在一九九四至一九九五年的春节前,他住过一回医院,检查出来肝不好,食道静脉曲张,如同瘤子。也考虑过手术处理,可要大开刀,年事又高,怕扛不住。只吃药,忌食硬的、干的、炸的东西。再,断酒。

一时间,精神委顿,反应迟慢,口齿也有点不清楚了。有青年同行近年练功,仿佛得道,他问汪老脸色怎么那么黑?我说生来就黑,小名小黑子。这位说黑跟黑不一样,这黑是肝的过,还有隐患。往下没有直白,只是沉下脸来。可是曾祺自己总说不过有的指标偏高。儿女们也是很后来才看见成沓的"病历"。

先后不少文友,都对脸色发生疑问。我因常见面,倒看得平常一些。到了秋天,力劝他和夫人施松卿到我家乡走走,散散心。我家乡温州,是江南水乡,又是浙东山"瓯",经济发展,也别具一格。终于成行,同行中有比他年长的,但接待人员看外表都先去搀扶他,不止一位悄悄说,有可能汪老是最后一次出游了。我说不会。不能。不可从此滑坡。精神还是比在北京开朗。是不是和断酒断得太急也有关系,可以喝点啤酒试试。

人们喜欢他的字,他也有兴致写。有天晚会,还登台唱了几句昆曲。车能去船能到的地方,都去,下车下船就近散散步。过后写了几篇散文，虽是星星点点，却生机葱茏。

平安进入一九九六年，服用"蚂蚁"偏方，请人按摩。气色日渐明亮，肌肉见壮，思想活跃，我说老头好像麦苗返青了。在他家里夸口出游是个转折点。

一天下半夜，老伴老施起夜眩晕，摔倒地上，曾祺惊醒。老伴是老年血管硬化，大脑缺血昏迷。咫尺之地，曾祺连拉带拽，竟努力了两个小时，然后才回到床上，等待天亮。不想施松卿夫人从此衰弱，不久卧床不能自理。

这是发生在蒲黄榆旧居里的事。旧居狭窄，有的同行抱不平，说，这样的老作家有几个？还住在贫民窟里。曾祺自己从来不谈这些事情——家里议论，都不插话。这时长子汪朗，分到虎坊桥三室一厅的大单元，让给老人进住。儿女们包办了装修，置了新家具。门厅宽敞，进门焕然，我不觉贺道：老头发了！曾祺若无其事，谈都不谈。

他的书房小些，秉性不爱也不会收拾，书本堆到地上，纸张挼的擦的不是地方。自己多半站着，弓身在大书桌上写毛笔字，画花卉。老伴躺在隔壁屋里，醒着时，刻把钟叫声曾祺，他就过去站一会儿。

有时候小声说：这怎么写东西呢！（指的是本行文章。）

曾祺的字比画好，但渐渐的只顾画花画草，写字不算多，说，写字要想词儿。

有天，打电话问我，你在缩编古典小说？报上说的。沉吟一会儿，小声：不要浪费生命。我说是少年读物，也不费很多时间。他不作声。我想说你也不要整天画画，后来想想还是先画吧，画吧，画段时间再说。

有天，来电话说，当天《北京日报》副刊上有篇好文章，作者不见经传。我说我家没有《北京日报》，他说他寄给我，又说太慢，有点着急的样子。我说我下楼到报摊上买一张。接着我转了两个报摊，都没有"进"这个报。只好打电话给我女儿，从办公室借一张回来。第二天，他又约了邵燕祥三人各写一篇短评一起发表。

有时候，曾祺沏一杯绿茶，坐在已画未画纸团纸卷中间沙发上，好像那张沙发倒是后来挤进来的；点烟，直眼，烟灰寸长自落，伸手在看不见的地方，摸稿纸，竟也能摸到钢笔。以后一气呵成，出来一篇小说。小说也越写越短。

几个人合编一套散文选，说好由他写序。等到编成，他差不多忘记了，给过他的资料也找不着了。再凑点资料给他，过几天又不知哪里去了。那就随便写吧，竟写了快三千字，大家叫好。

老来文章越好的话，不断听见。这里只记下他的沈师母张兆和先生说：下笔如有神。又感叹这样的作家不多见，越来越少了。

这次去四川参加笔会前，我让他挑个头，约几个人谈谈短篇小说。他说谈什么？我说新近小会上，他有两句话没有展开来。一句是他在用减法写小说。还有一句是没有点荒诞没有小说。又要他把新近发表的，挑三两篇给我，有用处——卖了个关子。

我知道这几年他不看《北京文学》。我说现在是小章主事。

今年搞了个短篇小说大奖赛，出了些好作品，特别是出了新人，刊物有了起色。不过有一点，现在的短篇小说，大多是字数少些就算短篇……仿佛是碰着了不知哪根筋，他立刻说：好吧，等四川回来。

我主张去趟四川，把一些事情推到回来再计较，这中间还有个由头：曾祺做梦也梦不到摊上官司。事关版权枝节，曾祺表示了歉意，谁知调解不成，后来人家还是开价要"费"。

儿女们劝他不要管，剩下的事务由他们承担。朋友们也说就这么点事，年老体弱，犯不着烦恼，放开，拉倒。

曾祺却总觉着名利上头，一生淡泊，临老却泼上脏水，把件汗衫脱也脱不下来，贴在身上好比裰褶。竟连续几天睡不着觉，下半夜两三点钟还睁着眼，只好吃药。这时候是不是喝点酒了呢？没有细问。不过他的女儿说吃饭时候只喝一杯两杯，可是家里的酒瓶好像漏了。

出去吧，散散心去吧。四川的笔会活泼，接待隆重。只不过和曾祺不住在一处，出入不同车。两三天后，听说跟他要字要画的人很多，直写到半夜，也有躺下了还叫起来的时候。

从成都到了宜宾五粮液酒厂，听说他开了白酒戒。曾祺去年恢复喝点酒，我观察心理生理上都得到好处。先喝啤酒，后喝葡萄酒。汪朝说越喝越多，传达室小卖部的"中国红"，差不多是为他"进"的。现在又开白酒一戒，这可大胆了。但食不同桌，不知究竟。

同时登记归程车船机票,有人绕道三峡,又有九华山邀请,还有四川别地的逗留。我找到曾祺,问有什么思想活动,他说回北京。我说好,惦记老伴了吧。他小声说:归心似箭。我说宜宾就有飞北京的班机。他说还有点东西留在成都。我说那就一起回成都,立刻飞北京。只怕又有耽搁。

五月四日,各自回到家中,本打算休息一阵,再一同去趟江苏南通,这是到四川前约下的。不想才三两天,打电话来说,女作家们在太湖有个聚会,特请老头参加。我想了解一下怎么回事。又听说南京要曾祺先去他们那里,有点什么出版事务,还有电视台的什么主意,幸好儿女坚决反对,汪朝说老头"折腾"不起。幸好幸好,要不发生在路上了。

十一日晚上十点多钟大出血。电梯工说,廊道上都闻到血腥味儿。女儿们在各自家里,老伴精神不济,还不能全叫她知道。小阿姨急得直哭,这一通忙乱可以想见。

十三日我才接到电话。汪朝忙中抽空打了几次才打通。

十四日下午三时,"探视"开始,我走进病房,先看见大女儿汪明夫妇。汪明招呼道:您的好朋友来了。我看见了两个吊瓶,"特护"在右脚插针地方绑纱布,再看见枕头那里一把管子什么的,有插进鼻孔的,有堆在嘴边的。曾祺闭着眼睛,我小心轻轻走到床前,不想他睁开眼来,清晰说道:还是那个地方……我赶快接过来说:静脉曲张。

医生进来交代:不要说话,光听着。又缓和一句:少说,多听,好吧。

曾祺的脸变小了,不黑,倒苍白。摘掉假牙,又插管子,贴橡皮膏,下巴收缩潦草……怎么会有清晰的发音?睁睁眼睛,可又怎么闪闪光芒?早有人说过,汪老有冷光。有人说"奕奕",有人说"炯炯",大概都是有特殊印象,却说不准确,只好沿用现成的词汇。

一个人从青年到老年,相貌当然会有变化,总有几个跳跃的阶段。经常见面的老朋友反倒感觉不明显。有一位杨早先生说"汪先生的生母是我祖父的堂姑",一九九四年才初见"汪爷爷",写下这么个印象:

"有文章说,汪老捂着嘴偷笑的时候,很显'猴相'。我悄悄地观察了一阵,果然不错,他眼里时时闪现的光芒,总让人想起一个字:精。而且我还发现了一点奇事:汪先生在仰头、低头、侧头的时候,从不同角度看去,模样都截然不同,就好像一个人有很多副面孔似的。"

这时我在病床前,发生奇异的感觉,恰好想到这个"精"字。想到不止一两位文友的议论:晚成。老来写成"精"了。

曾祺闭目养神,出小声,好像是"走四个不是"?

四个?哪来的数字?赶紧回想平日闲谈,有没有类似的意思,想不起来。

他小声:冯牧、荒煤,还有谁?

同年龄段中,端木蕻良也走了不久。为纪念端木,我约了几篇稿子。曾祺说难写，但还是如期交稿。有什么难？当是端木的坎坷我们都很清楚，清楚到难以下笔……这时又数上也难？多么像上路时点点同伴？我赶紧说没有了没有了，再也没有了。

一会儿，更像自言自语，提起刚走不久、可年轻得多的刘绍棠。说那天在八宝山，大家从灵堂出来，一位作家说，和绍棠的"礼数"——这两个字听不真——到此结束。曾祺大点声，一句一顿，清楚又平和：怎么这样，这叫朋友？可交吗？

北京京剧院来了两位，送来支票，代表领导慰问。曾祺睁眼，抬头抱拳，和善周到，说道剧院困难，我还添麻烦……那两位把话拦住，小心告辞。

我和汪明夫妇说，谁也不能永久，谁也得走。可是我们怎么也要进入下一个世纪，这已经是眼面前的事了，没有问题了，我和曾祺都约好了，下世纪也不服老，还要划拉划拉点东西。

曾祺不作声，面露安详地微笑。

"特护"谷女士在文艺界工作过，喜欢文学。她和汪明穿插着说，那天曾祺刚抢救回来，止住了血，平躺着，不想两手放到脑后——刚才是忽然抬手抱拳——说：以后写东西，可有得好写。

大家笑起来，曾祺还不作声，不过嘴边的管子有动静，"特护"过来整理。那个管子分叉，钳着三个夹钳，滴里嘟噜。"特护"又笑道：老先生逗着呢，说给他咬上"嚼子"了。

汪明夫妇有事先走，汪明到床前俯身，叮咛好好休息。没事了，只要好好休息就好。还说下回带两个小狗来，叫小狗来看看爷爷……

两个小狗指的是孙女小卉和外孙女小蕊，一个初二，一个初一。曾祺不说什么，可是两眼慈祥，并且闪闪。

探视时间过了，我盯着他说，有什么事要办叫他们打电话给我。曾祺也不说什么，可两眼的光芒叫人不由得又想起精灵。我走过医院好像地下迷宫的廊道，那眼光一直在面前。

十五日他像睡足了，多像没有困劲了。虽也闭闭眼睛，但脑子在活动。从忽然开口说出的话听来，心情愉悦，思想格外敏锐。也不说谁谁走不走的话了。

他身体里有足够的水分，那是从吊瓶从插管进去的。但食道严禁食物通过，连一滴水也不许可。"特护"向我们解释的时候，曾祺闭着眼插上两个字：

"戒严。"

因此口腔咽喉，在感觉上，十分干渴。偏偏这个部位重要又敏感，舌头翻不过来……

"特护"笑起来，曾祺仿佛抓住机会，指指舌头。"特护"笑着拿个针管，滴两滴在舌头上，说只能两滴，才到不了食道，喉咙就给吸收了。

曾祺说他现在有了监护人。"特护"说一定要坚持原则。我说等他好了给你画张画。"特护"说没有那么大的要求，送本书就行。昨晚上老先生还说这才知道上甘岭的日子不好过。

我们都夸起来，说思想进步，渴了想上甘岭，烫着想邱少云，做什么想雷锋,脑子里都是英雄形象。

曾祺闭着眼,徐徐说道:什么时候,还开心,这样的朋友不可交。

大家更加说得热闹,肯定体力逐渐恢复,精神一天比一天开朗。"特护"说前天做医疗透视,脱掉衣服拍片,老先生说怎么拍裸体照。

曾祺插嘴说:老头子有什么好拍的。

"特护"说,前天还总是说拍电视。一会儿说谁谁谁拍什么,什么镜头怎么怎么了,听不明白,也记不住。一阵一阵的迷糊,说胡话。

曾祺静默一会儿,觑着眼,小声说,前天看屋子是绿色的,豆绿?草绿?不像今天的奶黄……

我想着房间要是绿色可阴暗多了,另外一个天地了。

曾祺慢慢说道,不是迷糊,那是第二思维……

这时他儿子汪朗进来,曾祺提高声音:是,那是第二思维。

汪朗先一愣,接着说:怎么了,今儿第二思维了。

曾祺只管说自己的,这儿那儿,尽是镜头。

汪朗高兴起来,说,也怪,吐血当时,是最清醒的时候,交代哪张画放在哪里,送到哪里。什么文章写好了,交给谁。

曾祺小声解释:正好,都写出来了。

我说这还有完吗?都是什么呀?

曾祺说,都是约了的。小声:有一篇写铁凝,还比较满意。

我跟汪朗说,那是给"时代"那一组里的。

汪朗点头:交代清楚着呢。

我这才惊觉：第二思维！一个艺术家的鲜活想象。曾祺觑着眼，思索——凝视绿色，思索——凝视闪闪的镜头，他走进审美境界了。在生与死的"大限"地方，迷糊，却看见了美。

曾祺新近说，他把用思索的地方，改用凝视了。因为凝视是动态，还富有感情。

十六日中午，汪朝来电话，立刻想到有新情况，但汪朝的声音镇定。说上午八点钟还要眼镜，要看书。十点钟再次出血，这回是便血。我知道医生有言在先，再出血就没有办法了。不觉失声叫道，怎么会这样！汪朝静默，再说什么不知是我没有听清还是她说不清楚了。

大前天，汪朝说虽没有什么要求，还是要把住院的事，通知中国作协和北京作协，可是医院里的电话不大好打，我说这些电话由我来打吧。

两个作协的电话都打通了。北京作协即将开"作代会"，换届，忙得赛过红白喜事。赵金九书记接到电话，当天下午就和我一道去了医院，看见曾祺精神很好，一起聊得高兴。才转天，我把辞世消息告诉北京作协办公室，刚放下电话，铃声又响，是赵金九和北京文联副书记陈世崇两位叫我在家稍候。他们立即来了，一同到曾祺家中，向汪朝夫妇表示震惊和慰问，对丧事提了建议。丧事由北京京剧院主办，中国作协和北京作协协助。

施松卿夫人一直卧床，怕她承受不了，只好能瞒多久就多久。

沈从文先生的一位公子经营花卉公司，要包办灵堂，儿女们也谢绝了。

我这里电话不断，有本地有外地，有在旅途的，有辗转打过来的，有饮泣不成声，有埋怨诸多，有建议……归总说给汪朝，她说有些"抒情的"怕做不到，有些学术性的从长计议。一并附记文末。

有的报纸上对医疗存疑。有的竟做标题说是"累死的"。我没有说过这样的话，在这段时间里，和有些报刊也没有接触。曾祺一家，日常平和，在这重大变故中，也正如曾祺说的"凝视"世界而已。一并附笔说明。

《纪终年》补

抽刀断水水更流。

汪曾祺辞世一年了。出版社托我编一本纪念文集。我收集到的文章篇数不少，字数不多。又多抒情，带着研究性质的新近才出来几篇，这需要时日。

五十年代初，老舍先生、赵树理先生创办《北京文学》，汪曾祺担任"集稿人"。"集稿人"算什么职务？蹊跷吧？实际工作是编辑部主任，人事部门偏不批名义。去年一辞世，《北京文学》诸君立即向友好组稿，有的说急不来，写他的文章，不能草率。有的还说，要不，他会笑咱们的。

不过，我读到了不少的好文章。

我自己写了一篇《纪终年》，发表在《收获》上，是纪实文字，写到七八千字赶快收住，成了流水账了。后来读别人写的，又觉着该记的没记上,应当清楚的没记清楚,现在补充几句。前人形容流水抚摸每一片草叶,是诗意,实际只能大略的大略。

手

有篇文章提到在医院的病床上,汪老忽然伸出了手……

辞世前一二天,挂着吊瓶,插着管子,觑着眼睛,身边嘴边都是管子夹子,这时候忽然伸手胸前、面前,动作自如,很是叫人意外。

这伸手有过几次。一次是京剧院来人看望,站在床前代表同仁致辞。没想到曾祺从管子夹子缠绕中,半举两手,当头抱拳,声音低微,可是听得清楚:剧院日子也紧,你们也忙,倒添麻烦……连连随俗拱手,措辞通俗得体。

再一次是"特护"闲聊,说昨晚上老先生还说,这一关要是挺过来了,可有得好写……"特护"是小声说给我们听的,曾祺闭着眼睛,像迷离梦乡。忽然抬起右手,"特护"一惊,紧着按按管子。

又一次,我们在床前聊起一回坐车,车上看"手相"什么的,司机从反光镜里看着曾祺,插嘴说,那位老爷子的手,动动就来钱。

曾祺从管子夹子里伸出了手。这两回伸的都是右手,拇指食指中指的指尖靠拢,无名指和小指微蜷,是拿笔的手势。

曾祺喜欢这个手势,也爱聊手相。平常聊着一伸手,就是拿笔的手势。他在文章里也写过,那是"安乐居"那样的市井小酒馆里,八仙桌对面的酒客,盯着曾祺的手……曾祺伸手表示拿酒杯,竟和拿笔的手势差不多……对面的酒客和酒友们说:瞧这位,不用问,就这指头,动动就来钱。

曾祺的手,多肉,紧绷,腱子鼓鼓的,外皮却光鲜。曾祺年轻就驼背,中年窝腰,晚来面色灰暗。唯有这双手,一直壮而不粗。仿佛干粗活出身,经多年细活的教养,老来又结实又精神。

当年《北京文学》主编老舍,称副主编不带姓不跟"同志","光是树理"。"他能把句句摆平啰,稳稳妥妥。""集稿人"欣赏"摆平"一句中的,有时候加上一句:四字句能起摆平作用。

赵树理是道地农民作家,有篇"散文小说"题目就是《手》。写一个老农手不识闲,蹲在地头抽袋烟,手也自是搂草抠土,那手梆梆的一层老茧,跟耙子一样。

赵树理自己手指细长,掌心细薄,有回开会,斜搭在胸前。汪曾祺小声说:旦角的手。

胡风案起以后,主编挂名不问事,副主编调走。集稿人也编民间文艺去了,不久戴了帽子,编辑部里,"良辰美景奈何天"了。

汪曾祺成长在祖父酒后琅琅唐诗、父亲春秋佳日挥毫丹青、大学南昆社团"拍曲子"声中,却生成这样的手。我收集到的纪念文章里,不少神往他的文字,比做行云流水,随物赋形。形容为月色,水光,牧歌……写下这些文字的,却是这样的手。或司机或酒客的眼力见儿里,汪曾祺伸出拿笔的手势,眼色如月如水如歌如什么也好，口吐言语必如市井人物的"口头禅"，"动动就来钱"。

曾祺多次给自己定位为"抒情诗人"，前面必加"通俗"二字，北大年轻学者黄子平、陈平原诸位，评论汪曾祺有一句话大意是：士大夫文化熏陶出来的最后一位作家。这句话很受欢迎，若不嫌累赘，捎上"平民意识"这么个意思可能更"摆平"了。

电　话

一九七六年冬天作家代表大会开过那几天，多半在夜间，接到长途电话，或南或北总是远方，劈头就问：汪老汪曾祺家吗？我不明底细，不好多说什么。

有回，对方是鲁迅文学院的学生，听出了我的口音，我们聊起来。我问这个电话号码从哪里来的？对方说汪老告诉的，就在"作代会"上。我说汪老是不是有点玩笑吧？对方坚决回答：不，认真的，一个字一个字想出来的。

过后我打电话问曾祺怎么回事，曾祺说他只记住一个号码。我问你自己家的不记得？电话里断然回道：

"我没有给自己打过电话。"

有的纪念文章里提到这件事，不免欷歔。其实生命的奥秘，谁也不大清楚，就在这时节，有天聊起一篇文章，发表了一位学者的一组七律，注明仿的李商隐的《无题》。我说也许字字有来历，但诗味儿，不像。曾祺口里"掂簸"，念出一句"昨夜无梦过邯郸"，说，"无梦"很叫人联想。

一九九七年春，准备去四川的前几天，早上，曾祺来电话。平常多在晚饭过后，听得出来刚放下酒杯。这回声音火火的，问收到一本刊物没有？看见一位散文家的文章没有？我说刚收到，看了看标题，还没有读。他大概拿着刊物，念了几句，说，先前人说这位文理不通，没有注意，你听，你听……我凝视天安门前的下半旗……下半旗……

我问：下半旗打引号没有？

没有。有也不通。前面那个"的"字，这里怎么好"的"呢？前面再前面那句……

不少纪念文章里回忆汪老的恬淡，超脱，宽容，平和……曾祺生前读到这一类形容，也不反对，也不止一次地写道："好像我不食人间烟火似的。"

我只读到一篇纪念文章，提到曾祺在电话里骂人，还骂"王八蛋"来着。

不知有没有谁写到"气不打一处出来"，还有拉弓搭箭的气概："我给兜出来。""我跟他翻儿。""我就要打这个抱不平。""我要嚷嚷。"

酒

　　新近，还读到一篇纪念文章，写着汪曾祺到了五粮液酒厂——"豪饮"，血管破裂，已经有几篇文章说明不是这种情况，朋友们还是"先入为主"。

　　一年前，不少好友听说汪老辞世，觉着突然，不免想到酒上头去，说是酒的缘故。因为他是"美食家"，又以"饮者"著名。他的病变根源，实在也与酒关联。但，"豪饮"的事，到了九十年代，就已经没有了。

　　一九九一年春天，我们从合肥坐小飞机，到黄山脚下的屯溪，现在改制叫作黄山市。那里的"明清一条街"，保留了古老民居，看着胸怀舒坦。再赶上"毛毛雨，下个不停"。还有，街旁三五步，就有一个螺蛳摊，晚上，黄黄灯火晕晕乎乎。我们一人一碗螺蛳，一个口杯温上一瓶黄酒，自斟自饮自说自话。白天，文联的朋友带领转了几个村镇。晚上还是螺蛳摊。两天三夜，不上黄山，也没有醉，打道回府。说不上"豪饮"，略略渗着点"豪情"吧，就这也是最后一次。

　　一九九四至一九九五年春节跟前，曾祺住院检查，肝不好，引起胃里静脉曲张。医生究竟怎样警告来着？曾祺含糊其辞，我也不懂，没有细问。

　　可来真格的：汪曾祺断酒了！

　　听说有天傍晚，夫人老施去探望，病房里开过饭了。曾祺坐在床头，口含牛肉干，软和了好嚼。一问，原是定了饭的。饭车推过来时，老头没说话，人家也没给。

春节回家，我疑心这老头目光发涩，言笑减少。饭桌上本来这位美食家就不是我这样的"食美家"，这一来上一道菜，动动筷子，再也懒肯动弹。再后来，不大见面的朋友一见面，不禁嘀咕：怎么气色灰暗？再后来，约稿交稿这些来往上，若干脆忘记了倒还平常，却是模模糊糊叫人心坠。

但，笔下文采，依旧月色水光。

这时候，盛传医学专家在政协讲座上，告诉烟酒多年的老人，不必全禁，尤其不要断然禁止。这种说法由来已久，不过先前还没有在正式场合做过报告。

我力劝曾祺偕夫人到江南散散心，那里好山好水，还是米酒之乡。酒"糯"，老百姓说是"养人"，坐月子以酒代水煮"纱面"。不过也没有劝酒，曾祺也不开戒，只是不谢绝主人家斟些啤酒在杯中，终席也喝一两口。

后来市面上作兴红葡萄酒，以为胜过糖水般饮料。曾祺每饭一杯两杯或啤或红了。

我觉得直如地气回蒸，冻土复苏。再加吃蚂蚁，做按摩。真好像眼见经冬的麦苗，依我说：老头返青了。

世界上有医学又有文学。现在学科众多如树林，医学和文学是树林中的参天古树，有年轮为证。可又来了，医学家自己也说有些常见病，有些基本现象也还说不清，有些枝干还在幼年，有些幼芽还没有破土。文学好像没有"硬任务",是非优劣,清官难断。它总是说不尽,一部《红楼梦》说了二三百年,越说越在梦中。正是:说不清的医学,说不尽的文学。

汪曾祺若早早断酒,落不下"酒精肝"。"酒精肝"不是学名,可也来自医院的半玩笑口吻。若半玩笑,世俗把诗人差不多看作酒人。诗与酒没有血缘关系,又与情绪甚至灵感难解难分。可不可以设想,汪曾祺青年早熟,接着半生坎坷,若没有这一口酒,会不会有晚成的文章如水如月呢?弄不好付之镜花水月了呢?

作家中有先从医后从文的,有医文兼顾更有齐头并进的。曾把这样的奇谈怪论请教,回答但做比喻如参禅。也许到底也还是一个说不清,一个说不尽。

悄 悄

有些纪念文章里提到我的名字,并和我有关的一些事情。我和曾祺交往多年,是文友,也是酒友。风风雨雨,却没有落下恩恩怨怨。这是事实,可以说是缘分,也可以说是偶然吧。

但,在文学天地里,我们不是一个"档次"。

这些得失,不在"纪念"范围里头,因此也没有议论。我自己也没有说什么,一两句话说不清,多嘴又难免矫情。

好在契诃夫说的大狗也叫,小狗也叫,大家都熟悉。有人还补充说狼狗也叫,叭儿狗也叫等等。其实紧跟着还有一句:各凭着上帝给的嗓子叫。这一句可有嚼头了。我很遗憾，很晚才嚼出滋味来。

《汪曾祺全集》在编校中，我整理了一篇"出版前言"。若叫作"序"，实不够格。怎么又叫作"整理"呢？那是抄摘曾祺自序自白中的文字，做些注释，或说明情况，或提供考虑。又拿曾祺自己用的两句成语做标题"若即若离""我行我素"。

"若即若离"指的是旦夕祸福，和文学"有时甚至完全隔绝"。曾祺却看出"这也有好处"，"可以比较贴近地观察生活，又从一个较远的距离外思索生活。"

再，"我从弄文学以来，所走的路，虽然也有些曲折，但基本上能做到我行我素"。

"各凭上帝给的嗓子叫。"看来好像是本能，实际人们也可以本能地跟着旗号叫。"城头变幻大王旗"，变来变去总是有旗有号令。我们曾经变出个旗号叫"三结合"：领导出思想，群众出生活，作家出技巧。此时此地，"基本上"怕不"能做到我行我素"，"基本上"做到的寥若晨星了。

"文艺思想一解放，我年轻时读过的，受过影响的，解放后被别人也被我自己批判过的一些中外作品在我心里复苏了。或比照现在的说法，我对这些作品较易'认同'。"

健忘与不健忘，正负反复，这才没有僵在哪一阶段里，才有晚成的文章。

健忘的感慨，当然还有另一方面。文学既不景气又拥挤，刊物赔钱又过多,书本出版之日又是死亡之时,风骚人物以年论甚至以季度计。地球污染,生态破坏,搬迁之日来临,只怕带不走这么多文学。

作家遂有速朽之豪言,有"生命之轻"之哲理,有作家者玩家也之定义。呜呼,曾祺愿自己"悄悄地写",读者"悄悄地读"耳。

安　息

世纪末,一九九九年五月九日。遥望南天故乡,应是杂花生树。北京刚刚能够踏青,汪家兄妹三人,还有他们的夫君夫人及儿女,分头坐车到西郊福田公墓,送爷爷——平常当面背后,都惯叫老头儿——汪曾祺,和奶奶施松卿的骨灰,安葬墓穴,回归自然。

阳光暖和,无风,少有的好春天。公墓新建,青绿未成荫,花枝不见,墓穴成行分号,尺码相仿,格式大同,水泥刚砌,石碑初立,不会有苔藓,唯有连片干净的青灰颜色,可闻建筑的新鲜气息。什么地方似有小鸟啁啾,细听,似蜂群嗡嗡。

沟北二组耒字区二排二号,后脑留空。两位女婿齐卓和王勇,打开带来的包装,捧出一对骨灰瓷坛,端进空洞,女儿们叫哥哥汪朗安置。汪朗笑道:我们家都是女婿干活儿。笑着蹲下,前后对齐,严丝合缝。一边说,老头老太别吵架。女儿们也说,和和美美。遛遛弯儿。说说话儿……

汪朗铲了几锹土，让给别人铲，挨个儿每人都铲几锹，说着安息安息！嵌上水泥砖，摆上花篮。

随着照相，一家一家地照，单个儿照，集体照。剩下的活儿交给墓地工人来做，大家往回走。

孙女儿汪卉这两年长了个儿，厚墩墩像运动员。汪朗说：爷爷奶奶给喂的！父女俩勾着手指走，一上高二，就要分文科理科了，当父亲的说随便，都好。做女儿的说能上理科的都上理科，又有点舍不得文科。我想起好像才是昨天，上高小的汪卉，看了爷爷上选的散文，断然说：主题思想不明确。

王勇拿着一张纸，从后边赶到前边去，交给公墓办公室。一路指着小路口说，这里应当插个路标，写上×××几排几号。又指南指北地说，那边有×××、×××……其中大家都熟悉的名字是京剧名演员。他说提过意见：办成名人公墓。

小女儿汪朝说：他老说我们不把老头儿当回事儿。

我们站了站，再看看一片簇新的青灰的墓地。我问大女儿汪明：你还练字吗？

汪明不明白，我说老头儿夸过你的字。汪明动动嘴唇，垂下了眼皮，这一天，她说话都声小。齐卓总是拆开什么，收拾什么，我总记得一句，老头儿最后一天，告诉他：要是挺过这一关，你们常来。他们住得远些。

走出公墓，要吃顿饭。这是家宴，我告辞，他们把我留下。

坐车去鸿宾楼。这是老北京几大名楼之一。先在崇文门，老习惯叫哈德门脸儿,后搬西单闹市。现在公主坟左近,到了那里我全不认得。公主坟的田野全成了高楼、马路,鸿宾楼三个名家大手笔也不起眼了。

汪朗是老头儿厨艺的接班人,他让我点菜,我说老头儿是美食家,我是食美家,不挑不忌,你点吧。

有位港客写的纪念文章,说在座谈会上,他挨着老头儿坐,隔座有个老头儿的朋友,老头儿只顾和朋友说话,看都没有看他……汪朗插嘴说,好像他是空气。我问你看过那篇文章?汪朗摇头。我说人家恰好这么写的:他和空气一般。

汪明说了什么,齐卓点头。大概那意思是人说老头儿随和,随和是随和,也任性,也糊涂,也……几个人都说什么来着,听不清了。

我说我就知道老头儿在文字上极自信。他给我提意见,我一般能接受。我说他什么,记忆里好像没有当场认可的时候。也许说重了点儿。汪朗问,有没有具体例子?我说有。老头儿有篇小说《黄油烙饼》,写"困难时期"奶奶在农村里饿死了。爸爸接八九岁的儿子进城住机关,上学,吃食堂。一到开干部会,干部在食堂北屋吃好饭,这个小学生"悟"出来:"三级干部会就是三级干部吃饭。"这一"悟",我看是这篇小说的"胆"。又觉得"吃饭"两字放在这里劲头不够,当时有"会餐"一词,常挂在人们口头叫人流口水。建议改做开会就是会餐。老头儿一愣——愣愣眼珠吧,一口说不行,小孩子没有这个词。我想想老头儿这话是个"理",但小学生对半懂不懂的新词特有记性。坚持一通,还是不行。

汪明汪朝说,叔叔看得仔细。我说看你爸爸的东西嘛。两姊妹的眼神是向着老头儿的。汪朗想了想,说:吃饭是老头儿的词儿,会餐是您的词儿。我说对了,也许就是这么回事。

王勇左一杯右一杯地招呼喝酒,我听见招呼:校长,干杯。就问谁是校长,儿媳刘阳答应一声。我想起早听说她当了党校校长了。王勇是蜜蜂或蜂蜜研究所书记,他们都在"正当年"。我向他们举杯。

又说起汪朝说过,王勇头回到他们家,吃了顿饭。过后老头儿告诉女儿:小心,他很会喝酒。汪朝说,那天没怎么喝。我说记不清是老头儿还是谁说的,一端酒杯,就知道会喝不会喝。眼面前出现老头儿多肉又紧绷的三个指头,握成大半环,每说到握笔或握杯,都出这个手势。朝上拱拱是喝酒,朝下挫挫,那是写字了。

汪朗说,老头儿可照俗话说的做,看男人从头到脚,看女人从脚到头,刘阳头回来家坐了会儿,穿的是凉鞋吧。过后问老头儿印象怎么样,这位对未来的儿媳妇只说了一句:中指长。汪朗说罢,缩脖抬下巴,顾左右呵呵而笑。状貌像煞老头儿。

王超和汪卉坐在一起,低声说着什么,是文科理科吗?一问,王超已上高三,那么文理已成定局了,叫人觉得第三代的成长,猛然不像跑步,是跳高。

刘阳给我布菜，推让间她有一句感慨：世界真小。不觉许多往事跳到眼前，作古作今，且分不清。

从鸿宾楼出来，阳光晃晃，车水马龙，不辨东西，一家一家各走各的方向，我往哪里走？隔马路看见汪明和齐卓招手，一辆出租车在我身边停下，是他们给我招来的。背后有人护我上车，一看是汪朗。立刻投入车流。前后左右不见人，只见大大小小、颜颜色色的车动，全自动，也许全不自动，只是天象。高楼远近也不见人，只听见大小回声，重叠合成一片天籁。洪荒大化，不知所之。

汪曾祺：一棵树的森林

曾祺骑鹤云游十余年了，朋友们开会一表思念。我忽然想起一棵树的森林，就说了出来——

云之南，
蓝天白日，阳光融融。

整年整月整日如仲夏如午后时间，人在似梦非梦里。镗锣隐约，在有声比无声更寂静的寂静里。这算什么，这才叫溶溶。

隐约的镗锣地方，节日的歌唱起来了，假日的舞踢踏起来了。云之南，永远数不清的"嘉年华"狂欢，永久的仲夏和午后时间，永生的溶溶。哪来那么多"永"，原来溶溶有天籁的意思。

迎面是一棵树，也是一片树林。树有名叫榕，林是榕树林了。这树雄壮，往水陆码头、城镇路口一站，立刻是标兵。但在云之南，站出一片树林来别有讲究。好比一个人形，一头雾水，一团暖气，一边溶化，一边太极拳，轻轻抱圆，缓缓画圈，渐渐垂直下来一根气根，下到地面，扎到土里。到了地下又怎样呢？据说张牙舞爪也不知根底。只见地面的气根成树，标兵一样站着。又伸枝展条、打横、往前，又垂直气根，一来二去树林像模像样起来了，其实还是一棵树。

树下藤萝灌木，凡来不及长高的，抢不到阳光的，全都枯萎。这里枯萎也叫溶化。这里没有幽深，也没有喧哗，连浮躁也没有。只有隐约的镗锣，溶溶着歌舞、欢乐、健康、和谐和美。

世界上难得这样的土地？那么我们种植在文学的园地里吧。

文学，常常拿森林和树木说事儿：见树木不见森林，见森林不见树木，都是不可等闲的缺憾。我把一棵树的森林说给曾祺听，让他听听那里隐约着溶溶之声。

曾祺跨鹤时，曾用一个字形容作家的小说，传为美谈。我也学样用一个字形容他的文学园地："溶"，或者是"榕"，也可以"容"。就是他骗腿儿上鹤未上之时，解说他的现实主义包含的内容，那"容"简直无所不包了。

嫩绿淡黄

玻璃杯,龙井茶,冒冒的嫩绿淡黄,也就是喷喷的清香。

大约五年前,汪曾祺吐血住院,咽喉下了管子,胃里顶着球囊,低声叹道上甘岭、上甘岭。"特护"在他焦干嘴唇上,滴一滴水,能够当即吸收为度,流不到胃里去。汪老头调动想象:清晨起来,架二郎腿,点一支烟,面对一杯嫩绿淡黄。悠悠!多美!

老头始终没有喝这么一杯,就到别一世界去了。回头告诉世人,这一杯原不是可以喝的东西。什么意思?

大约五年后,我也住院,也咽喉下了管子,不过我是肺炎,胃不禁水。可我眼前还是出现玻璃杯,冒冒的嫩绿淡黄,也喷喷清香。这回觉得怪诱惑的,有点怪异劲儿。

我听见了老头的笑声。就不能动弹,只能转转眼珠子,笑声偏偏闪在哪个角落里,呵呵的,是闭上嘴,鼓动喉咙发声。新知旧友,悼念老头的文字里,不少写到两眼熠熠。有几位说作眼有冷光。

只有一位远房孙子,竟写出冷丁发生猴精的感觉。好像还没有人,在平易平和的老头那里,听见这样的笑声:三寸鸣鼓,八方搞怪。

"我没有当过和尚。"

老头断然回答读者。上世纪八十年代,中国文坛经过"一网打尽",几成沙漠。忽然闪出小和尚恋爱故事:"受戒"。作者是个花甲老头,读者兴致如潮。

"你为什么要写这个作品?写它有什么意义?再说到哪里去发表呢?我说我要写。写了自己玩。"

自己玩!

"四十年前的初恋。"

一个中学生的单相思,和小和尚的故事不沾不连。

"这篇小说像什么?我觉得,有点像'边城'。"

"边城"回归自然,"受戒"受用人世,各奔前程。

"我写的是美,是健康的人性。美,人性,是什么时候都需要的。"

是"需要",不一定是"现实"。

"我们有过各种创伤,但是我们今天应该快乐。"

创伤,是昨天发生的真实。快乐,是今天应该的感情。

"美学感情的需要。"

这是一句不大多见了的老话,老头常常用来笼统、概括、总和……须知前边种种,都是老头尊重读者,已经回答。可又哪儿跟哪儿,风马牛啊。可又"美学感情的需要",把哪儿跟哪儿总和住了。

不时有明白人归根结底，文艺的根儿也就是"真情实感"，老头儿偏爱说"美学感情"……听，老头儿又怪笑了，在我眼珠子转不过去的地方。

你笑你笑，你是笑我？

我怎么了？我狡猾。嘿嘿，怎么倒是我狡猾了？

我猛然想起上世纪八十年代，我利用主编刊物的方便，组织过两拨座谈，一拨是开放涌现的新进作家，一拨是改革蜂起的新潮评论家，都来讨论一个基本问题：作家是干什么的？

变着法儿提出问题：

医生管看病，会计管钱财，作家管什么？

文学是人学。可人身上的学问多了，生理学、心理学、哲学、社会学……文学研究人的什么？

铁路警察，各管一段。各个器官都有管主，各种思想都有管段，文艺主管哪一段？等等。目的是套出这么个意思：归根结底，真情实感。只此一家，别无分号。

哥们儿正眼也不瞧。那是个眼花缭乱的年头，我这个字号也太古旧了些。

结果：惨败。

过些时候，我自己也起了变化。"真情实感"，"真爱"可以和"随感"剥离，"真实"好比昨天的创伤，是发生过了发展定了的。"情感"若是"美学感情"，那是今天的需要，是应该的快乐，是要把它写得很美。

共分两路：求真和求美。求真的求深刻，求美的求和谐。

玻璃杯，龙井茶，冒冒的嫩绿淡黄，也就是喷喷的清香。

这是汪老头的"美学感情"之杯。听吧，老头闭嘴笑了：三寸鸣鼓，八方搞怪。老头老头，为什么不到我眼珠子转到的地方来。

这杯水不是"存在"，是"需要"。要写得美，要人性，要健康，要欢乐，要诗意，要和谐……不是在在在，是要要要。

旧人新时期

汪曾祺、邓友梅、高晓声，三位都是我的老熟人，他们都在一九五七年"蒙尘"，新时期"出土"。重理旧业，出手不凡。门庭或冷或热，或有冷有热，或时冷时热，对久经沧桑的人，这些都淡薄一些了。只是各行其是，越见偏执。

谈新时期文学，是否应以新人为主？不过旧人新作，也是一席之地。

我曾分别与邓友梅、高晓声说起："汪曾祺的行情见涨。"这两位立刻首肯，可见亦有所闻。过后又都补充一句，大意是"那是一派"。这也是实情，喜欢汪的，言谈中都捧出"仙风道骨"这样的"匾"了。不喜欢的，说是"七十八十年代，出现了一个三十年代作家"。这句话"贼"，过磅才知斤两。

汪曾祺年长，文学经历上又"长"一个年代，他四十年代就出过小说集子。遇见比我年轻的汪"派"，我常说汪有两条：一是语言功力；二是六十大几的人，艺术感觉还这样敏锐。这两条都很难得，真真算得一个作家。

不久前，在《收获》上读到汪曾祺的《〈桥边小说〉后记》，有些感想。他说："我要对'小说'这个概念进行一次冲决……""冲决"两字，读来戳眼。论他的为人，似是"冲淡"；论他的年纪，又不宜"冲刺"。"冲决"和"冲刺"当然不同，但六十大几，"冲决"就差不多是"冲刺"了。

一个"冲淡"的人，老年发作"冲刺"似的"冲决"，我想这正是新时期的"生态"，或是生动的心态。邓友梅、高晓声都曾指着他们最见功夫的作品，以为先前是不会去写，写了也不能发表，发表出来也只有倒霉。文论更不消说，"冲决"？"冲"着什么来"决"呀？岂敢岂敢。

汪曾祺要"冲决"的是："……小说是谈生活，不是编故事；小说要真诚，不能耍花招。小说当然要讲技巧，但是：修辞立其诚。"

这里说的"真诚"，有人说作"真情实感"，着重指明感情范围。意思大致一样。文论纵有千言万语，真诚是灵魂。山不在高，有诚则灵。

不过真情实感还要化作艺术，若不，就不是作家该干的事。"化"的中间，也可以"编故事""耍花招"。如果抬杠，绝对不"编"不"耍"还要是好小说，能举举例子吗？但，没有真诚的"编"和"耍"绝不是艺术。有一些真诚，太"编"太"耍"，倒把真诚磨灭了，这也是"流行性感冒"。

……这样的小说打破了小说和散文的界限，简直近似随笔。结构尤其随便，想到什么写什么，想怎么写就怎么写。我这样做是有意的（也是经过苦心经营的）。

　　看见最后打上个括弧，写上"苦心经营"，不觉微笑。我主张写小说要练两个基本功：一语言一结构。汪常说结构不要谨严啦，结构要随便啦，他尤其反对戏剧性结构，以为那就把小说弄假了。我说小说若真"散"，那是一盘散沙，无艺亦无术。散文化小说，是散而不散，外散内不散。金派评注家点出来的"珍珠穿线""草蛇灰线""横云断山""天马行空"……点的也是"散不散"。汪曾祺的"散"，一见就是他的，不会和别人混杂，可见此"散"自有他的"散法"。此"散法"我曾戏寻"规矩"："明珠暗线"一也，"打碎重整"二也。

　　不过这些还都是小事，有比这要紧的是我觉着不易入境。

　　……但我以为小说是回忆。必须把热腾腾的生活熟悉得像童年往事一样。生活和作者的感情都经过反复沉淀，除净火气，特别是除净感伤主义，这样才能形成小说。但我现在还不能。对于现实生活，我的感情是相当浮躁的。

　　"小说是回忆"，这句话耳熟。正当急急忙忙下乡下厂，炙手可热"写中心"的年头，亲耳听见汪的老师沈老，用提问方式悄悄说起。沈老责备自己，"现在我不会写小说了，过去我也只会写回忆……"接着对下厂下乡如何写成小说，提出一串问题请教年轻人。其实"写回忆"的几句话，对头脑发热的年轻人，是清凉剂。不过当年清凉了一下，却不可能真的走向清凉之境。

　　现在倒是"宽松"了，却又品出来入境实难。先不说写成什么样，单说写时节，心里调动的是"除净火气""除净感伤""童年往事一般"，多么舒展，就一个"净"字也够羡慕了。是不是"仙风道骨"这块"匾"，恰好钉在这里？这真是知音的读者。读者入了境，也会"忘怀得失，独存赏鉴"（鲁迅语）。写者读者，写时读时，都美。

　　但，"除净火气"，也可能除净了"血气"。"除净感伤"，也可能除净了"创伤"。在我，无论"童年"也罢，"往事"也罢，再不"浮躁"，也总去不净血腥味儿、汗臊味儿。我揉的这团面里，真没有了一腥一臊，真净，只怕也就没有了揉它的劲头了。无它，也离开了自己的真情实感。我只能把"往事"和"现实"一起来揉，不免"浮躁"，也没有法子。

　　想想邓友梅、高晓声，也各自有"境"，别人也不容易走得进去。他们的"境"，从字面上看，要俗一些。

　　他们以为小说是茶余饭后的事。除去少数专业人员，广大读者读小说，是业余休息，和看电影、听音乐、下棋、钓鱼这些文娱活动一般。如果当作政治课来上，我们原有各种政治学习。如果当作工作指导，我们的业务讨论自比小说在行。

　　小说遂有"消遣"一说。现在有人写文章批评，我的印象是：小说若是消遣，岂不没有多大出息了？

　　邓、高的说法，有出处，有实证，有各人自己的摸索。但说到"出息",我又觉着小说的出息,恰好出在这里。

鲁迅先生研究小说的起源,说:"诗歌起于劳动和宗教……至于小说,我以为倒是起于休息的。人在劳动时,既用歌吟以自娱,借它忘却劳苦了,则到休息时,亦必要寻一种事情以消遣闲暇。这种事情,就是彼此谈论故事,而这谈论故事,正就是小说的起源……"(《中国小说的历史变迁》)

后来,小说和说书一起发展起来,漫长时日,小说都是"游乐之事"。也有过"以为小说非含有教训,便不足道"。鲁迅先生以为"但文艺之所以为文艺,并不贵在教训,若把小说变成修身教科书,还说什么文艺"。

鲁迅先生被尊为新文学开山大师的首位,这是大家没有二话的。但他的文艺观念、小说做法,不见得都那么"行世"。现在有些读者读小说时,是不是边读边受教训?心甘情愿?不得而知。但到谈论小说时,津津有味的当作"修身教科书"来褒贬,这是大约三十年来的习惯。

邓友梅、高晓声的"消遣说",我觉着还没有说到鲁迅先生的圈子外边去。时间可是过去六十年了。

邓友梅的"民俗小说"是他的拿手,又常在展开"民情世俗"之时,挂上时令的钩。高晓声每多奇想奇趣,其奇处,不能够直接来自生活。大概是把生活哑出味来,其味或如哲理,由味出奇。

他们的拿手,读来"得失"和"赏鉴"兼而得之。这也是佳境,不单"忘怀得失,独存赏鉴"。这境也不容易,赶得巧时,"得失"

和"得奖"还可兼得。这也是一乐。

不容易处，是民俗不俗，是奇趣有趣——有大家好接受的趣。现在谈小说，有谈"可读性""趣味性"了。这其实是很要紧的事。他们早已知觉，荡漾笔下。我想跟踪来着，也迟迟不得心应手。

"净"也罢，"消遣"也罢，"俗"也罢，"奇"也罢，其实这些旧人，都没有离开"潜移默化"四字法，他们的"责任感"和艺术生命同在。这一点，没有担心的凭据，不须细说。

旧人"出土"，新作入"境"。"境"有各别，褒贬不一。我以为这都是新时期才有的事，也是新时期的新气象。现在还要更上一层楼，创造"融洽和谐""活泼宽松"的气氛，更会气象万千。

后 记

林斤澜写了多年小说，后来也写散文随笔，总量不比小说少。

林斤澜的散文随笔，特别是与创作有关的随笔，谈鲁迅的最多，"开口必谈鲁迅"成为一段时间的"常态"。谈鲁迅，又以谈鲁迅的小说居多。谈鲁迅的小说，又以谈《孔乙己》为最。

除了谈鲁迅，就是谈汪曾祺了。

林斤澜和汪曾祺的故事能说很多，一起喝酒，一起出游，一起参加笔会、研讨会、对话会。二人也惺惺相惜、互相欣赏，也抬过杠，在近半个世纪的交往中，汪曾祺写过林斤澜，比如《林斤澜的矮凳桥》，而林斤澜写汪曾祺的则更多，粗略统计一下，谈汪曾祺的文章有：《真与假》《散文闲话》《呼唤新艺术——北京短篇小说讨论会上的发言》《风情可恶》《"若即若离""我行我素"——〈汪曾祺全集〉出版前言》《短和完整》《点评〈陈小手〉》《拳拳》《嫩绿淡黄》《旧人新时期》《注一个"淡"字——

读汪曾祺〈七十书怀〉》《纪终年》《〈纪终年〉补》《安息》《汪曾祺：一棵树的森林》等，这些篇目中，只有个别篇目是附带写的汪曾祺，其余都是专门写汪曾祺的，写人、谈文、记事的都有，有的文章写于汪曾祺生前，有的写于汪曾祺去世以后。另外还有几次和汪曾祺等人对谈的"对话录"，如《关于现阶段的文学——答〈当代文艺思潮〉编辑部问》《社会性·小说技巧》《漫话作家的责任感》等篇。至于在多篇文章或讲课中列举汪曾祺的相关言论和对汪曾祺作品的点评，就更是不计其数了。

那么，林斤澜都是怎么说的呢？

1986年的某个时候（《林斤澜全集》所收的文章都没有写作日期和发表日期），在中国作家协会鲁迅文学院里，林斤澜有一个讲话（授课），说到"小说散文化"的时候，林斤澜说："好的散文化小说家，主要是靠感情。这种感情表现也不是一般化的。散文化小说写得好的有许多人，其中在老作家中汪曾祺可以算为一名，他的小说确实是散文化、具有散文美。他自己是主张散文化的，汪曾祺的作品是拥有广大读者的，有些读者甚至是到了崇拜的地步，迷上了汪曾祺的作品。"然后，又讲汪曾祺的《受戒》，认为《受戒》中写"佃户的生活是很好的，庙里和尚们的生活也是很好的，小说中表现的生活是很温暖的，所写的恋爱故事也是很美的，一点也没有掺上阴暗的色彩，写得很宁静。汪曾祺小说创作像一面明净的玻璃窗。"关于汪曾祺小说"散文化"的论述，林斤澜洋洋洒洒讲了几分钟。从后来以这个讲话为基础整理的文章看，谈汪曾祺的那一段，有千余字。

关于这篇《受戒》，林斤澜除了在讲课时经常作为例文讲解，还津津乐道地多次在文章中提及，在《真与假》里，他说：《受戒》很散文化，"这里一段，那里一段，并不按照一条线索把它组织起来，是散的，它写的是新中国成立前和尚在庙里的事，既没有反映宗教问题，也没有反映人与人之间的压迫与被压迫的关系，但作品中的那些片断和细节后面，隐蔽着这样一个东西，就是生活的欢乐，健康的、正常的、青春的欢乐。"在《拳拳》一文里，又分了若干个小标题，在《多能钥匙》一节中，林斤澜又从美学意义上，对《异秉》《受戒》《大淖记事》等名篇进行了分析，他说："汪多次表白'追求和谐'，'不求深刻'。小说若分'求美''求真'两条路，他的名篇都因由'美学情感'的启动。"又说："当今官场看中长篇，商场看好长篇，文场百儿八十万不稀罕。沈汪师徒都做短篇胜业，七八十年前，沈就说短篇于官场商场都没有出路。只有极少数人为艺术，才写短篇，结论竟是短篇必有前途。前几年汪一再说：'短，是现代小说的特征之一。''短，才有风格。现代小说的风格，几乎就等于：短。''短，是出于对读者的尊重。''短，也是为了自己。'"这里所说的沈，就是汪曾祺的老师沈从文。林斤澜对汪曾祺关于短篇小说的议论列举了这么多，是同意汪曾祺的观点的，即，小说要写短。其实，观察林斤澜一生的创作生涯，他都是短篇小说的实践者，也是以短篇扬名立万的。他的小说，在描写上，叙事上，都十分的细致、细腻、劲道，点点滴滴累积于心，有福楼拜的风采，而他的小说语言也很考究，经嚼，别有特色。

在《旧人新时期》里，说到汪曾祺发表在《收获》上的《〈桥边小说〉后记》里"我要对'小说'这个概念进行一次冲决……"林斤澜很有感慨地认为"冲决"二字很"戳眼"。"论他的为人，似是'冲淡'；论他的年纪，又不宜'冲刺'。'冲决'和'冲刺'当然不同，但六十大几，'冲决'就差不多是'冲刺'了。"老朋友到底是互相了解的。对于汪曾祺所说的"冲决"，他自己何尝不是这样呢？八十年代他在老家待了一阵子，回到北京写了一批小说，也带有"突击""冲决"的意味，而且还有变革。汪曾祺在《林斤澜的矮凳桥》里，对林斤澜从温州回来后的小说变革（"矮凳桥"系列）表示肯定，"这回，我觉得斤澜找到了老家。林斤澜有了自己的思想，自己的感情，自己的语言，自己的叙述方式，于是有了真正的林斤澜的小说。每一个作家都应当找到自己的老家，有自己的矮凳桥。"

汪曾祺去世以后，林斤澜在北京短篇小说讨论会上有个发言，后来别人整理成文章的题目是《呼唤新艺术》，发言中，林斤澜说"专攻"短篇小说的作家有不少，他"首先想到汪曾祺"。又透露说："这个短篇讨论会，我和曾祺说过，鼓励他到会。他说有什么好说的呢？我说你最近在别的场合说过两句话，都是一提而过，没有展开。一句是你用减法写小说。再一句是没有点荒诞没有小说。"毕竟是老朋友，知根知底，林斤澜是想让汪曾祺的"小说观"有更广泛的普及的。但，林斤澜伤感地感叹道："天有不测风云，言犹在耳，他可是来不了啦。两句话三句话的也听不见啦。"接下来，林斤澜又展开来谈汪曾祺的"小说观"："曾祺青年'出道'时节，就吸收'意识流'，直到晚年写作'聊斋新义'，把现代意识融进古典传奇。他说没有荒诞没有小说，由来已久。"也是在这个发言中，林斤澜透露另一个信息，就是北大教授钱理群曾在一次会议上，带来一篇汪曾祺的随笔《短篇小说的本质》，钱理群当时很兴奋，因为汪曾祺本人已经忘了有这篇文章，从未收入过集子，属于一篇"轶文"。钱先生在会上念了几段，汪曾祺关于"用减法写小说"和"没有荒诞没有小说"的两句话的意思，这篇文章里全有了。这篇文章发表在四十年代的《益世报》上。从林斤澜、钱理群的言谈中，可以发现，汪曾祺从年轻到老年，他的创作方法和文学观念是一以贯之的，难怪林斤澜要反复讲了。

顺便在这里说一句，在较长的一段时间内，文学界认为汪曾祺的处女作是1941年3月2日发表在《大公报》上的短篇小说《复仇》，2001年出版的《老头儿汪曾祺——我们眼中的父亲》（作者汪朗、汪明、汪朝），也"确认"《复仇》是汪曾祺的第一篇小说。书中写道："爸爸1941年3月2日在《大公报》上发表的小说《复仇》，就是沈从文先生介绍出去的。这是现在可以查到的他所发表的最早作品。"后来经学者李光荣考证，汪曾祺发表的第一篇作品，也是第一篇小说，是《钓》。《钓》发表于1940年6月22日昆明的《中央日报》上。2016年4月出版的《汪曾祺小说全编》

（人民文学出版社），收录汪曾祺新发现的小说27篇，有24篇小说发表于20世纪40年代的报刊，《钓》作为汪曾祺的处女作，也被第一次收入。《钓》就是一篇现代派小说。

正是因为汪曾祺出道是在"四十年代"，而林斤澜是在"五十年代"开始发表作品，所以林斤澜在作家的"年代"上，几次说汪曾祺虽然只比他大三岁，算是早一个"代"了。对这个早一代的汪曾祺，林斤澜说他也有"癖"，比如汪曾祺很"反感"林斤澜对"风情"一词的运用。这可能是汪曾祺不多的"固执"而可爱的地方吧。

此话还要从"矮凳桥"系列小说说起。以"矮凳桥"命名的系列小说，是林斤澜一生中重要的文学创作，共有二十多篇，结集有《矮凳桥风情》。在这部集子的出版前后，汪曾祺对"风情"一词，有自己"固执"的看法。在《风情可恶》一文中，林斤澜说："不少人称汪是'士大夫文化''一脉相承''锤字炼句的能手''深得×××要领'，等等。赞语不偏，不过须知不偏的后面，也有癖在。"这里所说的"癖"，就是针对"板凳桥"书名里的"风情"二字的。林斤澜接着说："比方说'风情'两字，汪岂不知在古代，是风采与情趣的意思，或自然风光和人文情怀的混合，或专指男女相悦的情爱，今人也可作风俗人情的简写。汪其实最善写'风情'，小说散文无不'风情盎然'。说他不喜欢这两个字，人有爱信。说是厌恶，又怎么叫人信得下来呢！"这段话，听起来，是林斤澜帮汪曾祺在"辩解"，似乎汪曾祺本意不是这个意思。

汪曾祺本来只知道林斤澜写了"矮凳桥"系列小说，后来听说有了"风情"，立刻大叫"不好"。如果去掉"风情"二字，只叫《矮凳桥》，可能更能让读者发挥更开阔的想象吧。但加上"风情"，为什么不好，也不见汪曾祺的高论。后来不知是有意还是无意，汪曾祺在《林斤澜的矮凳桥》的评论中，压根就没提"风情"二字。不过评论中，对"矮凳桥"系列小说的把脉还是很准确的，认为"林斤澜对他想出来的矮凳桥是很熟悉的。过去、现在都很熟悉。他没有写一部矮凳桥的编年史。他把矮凳桥零切了。这样的写法有它的方便处。他可以从不同角度来审视。横写、竖写都行。他对矮凳桥的男女老少可以呼之即来，挥之则去。需要有人写几个字，随时拉出了袁相舟；需要来一碗鱼丸面，就把溪鳗提了出来。而且这个矮凳桥是活的。矮凳桥还会存在下去，笑翼、笑耳、笑杉都会有他们的未来。官不知会"娶"进一个什么样的后生。这样，林斤澜的矮凳桥可以源源不竭地写下去。这是个巧法子。"

　　《北京文学》创刊五十周年的时候，专门采访林斤澜，请林斤澜谈谈当年《受戒》带来的轰动效应。林斤澜说当时人们发现这篇小说时，惊呼"这是什么小说？""这是什么人？"在回答汪曾祺的语言魅力时，林斤澜说："写小说就是写语言。"这是林斤澜的真话。他自己的小说语言，都是经过反复推敲的，都很精简。他讲汪曾祺的语言，实际上也是自己写作语言的体会。林斤澜在最初接触文艺时，就认为"语言是一切思想一切事实的外衣"。说"汪曾祺的言出如'掷地',读者听来'作金石声'"。"汪曾祺说'写'语言,'写',包括外衣与内容。是把语言玩到'顶格'去了。""八十年代里他还说'调理''文学语言'。这里用'调理',不用通常爱用的'创新''树立''改造'。""还说到'在方言的基础上',好比'揉面',把'方言'揉进去,丰富营养。"林斤澜说的都是直点要害。汪曾祺在评论林斤澜的小说集《矮凳桥》时,说"斤澜有一个很大的优势,他一直能说很地道的温州话","他把温州话融入文学语言,我以为是成功的"。这就是"揉面"。《拳拳》里有《放言方言》一节,林斤澜在调理文学语言时,也有一番议论:"我以前比过揉面,要揉匀、揉透,要加水,要掺干粉。文学语言要不断揉进新鲜养分,不断地丰富。这是自己的面貌,也是民族的体态,也是文学的骨骼。这些养分大部分来自方言,或经过方言而来。一方水土养一方人,方言是一方水土言的美,一方物质生产精神生产总和的味。"从林斤澜和汪曾祺对语言的阐释上,他俩是趣味相投的。林斤澜自己在《论短篇小说》里,也有专门关于语言的一段:"小说究竟是语言的艺术,小说家在语言上下功夫,是必不可少的、终生不能偷懒的基本功。先前听说弹钢琴的,一日不练琴,自己知道。两日不练,同行知道。三日不练,大家都知道了。"

林斤澜用心用力的一篇文章是《汪曾祺全集》(北京师范大学出版社)的出版前言。关于这部"全集",现在看来是不"全"的。但林斤澜这篇名为《"若即若离""我行我素"》的"前言",

却非常出彩，也别有特色，其形式是节录汪曾祺文章中的一个个片断，然后再对这个"片断"加上一段"注释"式的文字。比如汪曾祺在新时期的重新"出山"，就和林斤澜有关，文中，林斤澜先是引用了汪曾祺在1982年由北京出版社出版的《汪曾祺短篇小说·自序》中的关于自己创作的经历后，写道："'文革'噩梦过去两年后，北京文联在文化局饭厅一角，拉上布幕，放两张写字台，整理残部、收容散兵游勇……不久，北京出版社计划出版一套'北京文学创作丛书'，老人新人，旧作近作，挨个儿出一本选集，这是摆摆阵容的壮举。有说，不要忘了汪曾祺。编辑部里或不大知道或有疑虑，小组里问人在哪里，也素不认识。我说我来联系吧。其实就在本地本城，也就在文艺界内（京剧团）。连忙找到这位一说，不想竟不感兴趣，不生欢喜。只好晓以大义，才默默计算计算，答称不够选一本的。再告诉这套丛书将陆续出书，可以排列后头，一边紧点再写几篇。也还是沉吟着，写什么呀，有什么好写的呀……这个反应，当时未见第二人。"林斤澜这段"注释"，透露出三层意思，一是当时的北京市文坛，根本不知道有这么一位汪曾祺；二是汪曾祺的重新出山，是林斤澜"苦口婆心"才促成的；三是汪曾祺当时对重新"出山"并无多大兴趣，对写什么也没有兴趣。这才有后来的《异秉》《受戒》《大淖记事》等名篇的问世。汪曾祺在1987年出版的自选集自序中，写道："我所追求的不是深刻，而是和谐。"对这句话，林斤澜大发一通感慨，对当时文坛的不和谐，含蓄地进行了论述，最后的定论是："和谐，这是一个作家的追求。"多年以后，"和谐社会"成为我们周围的关键词。

《短和完整》和《点评〈陈小手〉》两篇是专门谈《陈小手》的。《陈小手》是汪曾祺的名篇，谈论者很多，也被多次选进各种集子里，在小小说界，似乎更被叫响。这《陈小手》的两篇点评，林斤澜的观点是"短篇杰作"。关于《陈小手》的评论，我也多次听（读）过别人的评论，王干有一次说《陈小手》这篇小说，最值得玩味的地方是最后一句："团长觉得怪委屈。"掩卷细想，确实。小说的高潮是团长一枪打死了救了他老婆和儿子的陈小手，而怪委屈的可不是他自己？

林斤澜还有一篇长文，是读汪曾祺的《七十书怀》有感而发的，题目叫《注一个"淡"字》，这也是一篇"注释"式的文章。汪曾祺在七十岁生日时，做自寿诗《七十书怀出律不改》，诗中有一句"书画萧萧余宿墨，文章淡淡忆儿时"。正是"文章淡淡"，打开了林斤澜的话匣子：汪曾祺成名以后，各种评论都有，最贴切的，莫过于几个评论家的发言，大体统一了一种说法，即汪曾祺继续了源远流长的"士大夫"文化。"光'士大夫'这三个字，就表明了中华民族特有的东西。有人慨叹只怕这样的作家，以后不大可能产生了。因为那是需要从小开始的'棋琴书画'的熏陶，今后不大会有这样的境遇。"接着，林斤澜回顾了汪曾祺的"成长"史，从小时候听祖父念诗、看父亲画画写字，到从流亡学生到西南联大和沈从文的交往，再到当年的上海

"三剑客",一直到随夫人来北京、编杂志、当"右派""下放"农科所、样板戏写手、新时期复出,"就凭这个简历,能说'平平常常'吗?"接下来,林斤澜才"论证"出:"淡"是"化"的过程;"淡"里面是"浓"的。林斤澜还拿郑板桥画竹做比喻:"一是自然之竹,二是胸中之竹,三是笔下之竹。都是竹,又顺序而来,却三者不一样。"

最近,"汪曾祺热"持续不断,我也凑个热闹,总结了评论家王干、孙郁等人对汪曾祺的各种评论。总结下来是"几个打通",一是不同地域文学特征的融会贯通。汪曾祺小说作品的背景大致是高邮、昆明(西南联大)、张家口(农科所)、北京(京剧院)这几个地方。故乡高邮的风土人情、西南联大的求学和昆明的生活经历、张家口的坝上风光和京剧院的沉浮浸淫,构成了他小说最鲜明的艺术特色,虽然有地域之差,在他笔下却能做到完美统一。评论家孙郁认为,汪曾祺"精于文字之趣,熟于杂学之道",是个"杂家"。二是打通了现代文学和当代文学的界限。汪曾祺虽然写白话文,但文中散落了唐诗、宋词、元曲和明清话本小说的精髓,甚至还有《清明上河图》和"扬州八怪"书画里的韵味。三是打通了中西方文学的界限。汪曾祺的早期小说是现代派的,写得非常时尚,非常意识流,后来的作品更多的是体现在对人性的悲悯上。四是打通了民间文化和文人文化。汪曾祺初到北京时编《说说唱唱》和《民间文学》,接触了大量的民间文化,还整理过民间文学故事,后来到京剧团,加上是美食家,不但会吃,还会做。而他小时候受祖父和父亲的影响，对中国传统的文人文化十分了解，他的许多作品明显透出民间化和文人化和谐共融的风姿。五是打通了小说和散文的界限。汪曾祺的小说多用散文化的笔法，不刻意编排小说外在的情节，注重语言的留白，给人回味的空间，另外又会生发出大量的"闲笔"，看似和小说情节无关的文字来，却又和通篇融为一体。六是"南北打通"。这是当代文学研究会副会长杨早说的，"作家中很多南方人就写南方，北方人写北方。汪曾祺从高邮出来，到昆明，再到北京、张家口转了一圈，尽管南北各省间差异大，但无论从学养、口味，乃至方言运用上，汪老都能做到恰当的拿来主义"。杨早的"南北打通"和第一点"地域打通"异曲同工。

精读林斤澜关于汪曾祺的文章，我们能大体上体味到上述的几个"打通"，林斤澜都在不同文章里有所论述，有的讲得还很清楚。

林斤澜还有两篇专写汪曾祺的文章，分别是《纪终年》和《〈纪终年〉补》。两篇文章都深切地回忆了汪曾祺临终前一两年的生活行状，从发病，到检查出病因，到住院治疗，到回家调养，再到发病住院，直至逝世前后的情况，写得都非常详细，让读者比较完整地了解了一代文坛大师汪曾祺在那段时间里的心路历程。特别是在《〈纪终年〉补》里，通个几个小标题《手》《电话》《酒》《悄悄》等，把汪曾祺"老小孩"的天真和他的乐观精神，惟妙惟肖地表现了出来。

《汪曾祺：一棵树的森林》是一篇短文，却是林斤澜对汪曾祺的"盖棺定论"。汪曾祺的写作风格和他所处时代在文坛的地位，都是独特的，无人取代也无法取代的，确实是唯一的"一棵"，又确实是"森林"。

陈　武
完稿于北京五里桥河边小筑，费时两日，时秋意正浓。

【附录】

受　戒

明海出家已经四年了。

他是十三岁来的。

这个地方的地名有点怪，叫庵赵庄。赵，是因为庄上大都姓赵。叫做庄，可是人家住得很分散，这里两三家，那里两三家。一出门，远远可以看到，走起来得走一会，因为没有大路，都是弯弯曲曲的田埂。庵，是因为有一个庵。庵叫菩提庵，可是大家叫讹了，叫成荸荠庵。连庵里的和尚也这样叫。"宝刹何处？"——"荸荠庵。"庵本来是住尼姑的。"和尚庙""尼姑庵"嘛。可是荸荠庵住的是和尚。也许因为荸荠庵不大，大者为庙，小者为庵。

明海在家叫小明子。他是从小就确定要出家的。他的家乡不叫"出家"，叫"当和尚"。他的家乡出和尚。就像有的地方出劁猪的，有的地方出织席子的，有的地方出箍桶的，有的地方出弹棉花的，有的地方出画匠，有的地方出婊子，他的家乡出和尚。人家弟兄多，就派一个出去当和尚。当和尚也要通过关系，也有帮。这地方的和尚有的走得很远。有到杭州灵隐寺的、上海静安寺的、镇江金山寺的、扬州天宁寺的。一般的就在本县的寺庙。明海家田少，老大、老二、老三，就足够种的了。他是老四。他七岁那年，他当和尚的舅舅回家，他爹、他娘就和舅舅商议，决定叫他当和尚。他当时在旁边，觉得这实在是在情在理，没有理由反对。当和尚有很多好处。一是可以吃现成饭。哪个庙里都是管饭的。二是可以攒钱。只要学会了放瑜伽焰口，拜梁皇忏，可以按例分到辛苦钱。积攒起来，将来还俗娶亲也可以；不想还俗，买几亩田也可以。当和尚也不容易，一要面如朗月，二要声如钟磬，三要聪明记性好。他舅舅给他相了相面，叫他前走几步，后走几步，又叫他喊了一声赶牛打场的号子："格当嘚——"说是"明子准能当个好和尚，我包了！"要当和尚，得下点本，——念几年书。哪有不认字的和尚呢！于是明子就开蒙入学，读了《三字经》、《百家姓》、《四言杂字》、《幼学琼林》、《上论、下论》、《上孟、下孟》，每天还写一张仿。村里都夸他字写得好，很黑。

舅舅按照约定的日期又回了家，带了一件他自己穿的和尚领的短衫，叫明子娘改小一点，给明子穿上。明子穿了这件和尚短衫，下身还是在家穿的紫花裤子，赤脚穿了一双新布鞋，跟他爹、他娘磕了一个头，就随舅舅走了。

他上学时起了个学名,叫明海。舅舅说,不用改了。于是"明海"就从学名变成了法名。

过了一个湖。好大一个湖!穿过一个县城。县城真热闹:官盐店,税务局,肉铺里挂着成边的猪,一个驴子在磨芝麻,满街都是小磨香油的香味,布店,卖茉莉粉、梳头油的什么斋,卖绒花的,卖丝线的,打把式卖膏药的,吹糖人的,耍蛇的,……他什么都想看看。舅舅一劲地推他:"快走!快走!"

到了一个河边,有一只船在等着他们。船上有一个五十来岁的瘦长瘦长的大伯,船头蹲着一个跟明子差不多大的女孩子,在剥一个莲蓬吃。明子和舅舅坐到舱里,船就开了。

明子听见有人跟他说话,是那个女孩子。

"是你要到荸荠庵当和尚吗?"

明子点点头。

"当和尚要烧戒疤呕!你不怕?"

明子不知道怎么回答,就含含糊糊地摇了摇头。

"你叫什么?"

"明海。"

"在家的时候?"

"叫明子。"

"明子!我叫小英子!我们是邻居。我家挨着荸荠庵。——给你!"

小英子把吃剩的半个莲蓬扔给明海,小明子就剥开莲蓬壳,一颗一颗吃起来。

大伯一桨一桨地划着，只听见船桨泼水的声音：

"哗——许！哗——许！"

……………

荸荠庵的地势很好，在一片高地上。这一带就数这片地高，当初建庵的人很会选地方。门前是一条河。门外是一片很大的打谷场。三面都是高大的柳树。山门里是一个穿堂。迎门供着弥勒佛。不知是哪一位名士撰写了一副对联：

大肚能容容天下难容之事
开颜一笑笑世间可笑之人

弥勒佛背后，是韦驮。过穿堂，是一个不小的天井，种着两棵白果树。天井两边各有三间厢房。走过天井，便是大殿，供着三世佛。佛像连龛才四尺来高。大殿东边是方丈，西边是库房。大殿东侧，有一个小小的六角门，白门绿字，刻着一副对联：

一花一世界
三藐三菩提

进门有一个狭长的天井，几块假山石，几盆花，有三间小房。小和尚的日子清闲得很。一早起来，开山门，扫地。庵里的地铺的都是箩底方砖，好扫得很，给弥勒佛、韦驮烧一炷香，正殿的三世佛面前也烧一炷香、磕三个头，念三声"南无阿弥陀佛"，敲三声磬。这庵里的和尚不兴做什么早课、晚课，明子这三声磬就全都代替了。然后，挑水，喂猪。然后，等当家和尚，即明子的舅舅起来，教他念经。

教念经也跟教书一样，师父面前一本经，徒弟面前一本经，师父唱一句，徒弟跟着唱一句。是唱哎。舅舅一边唱，一边还用手在桌上拍板。一板一眼，拍得很响，就跟教唱戏一样。是跟教唱戏一样，完全一样哎。连用的名词都一样。舅舅说，念经：一要板眼准，二要合工尺。说：当一个好和尚，得有条好嗓子。说：民国二十年闹大水，运河倒了堤，最后在清水潭合龙，因为大水淹死的人很多，放了一台大焰口，十三大师——十三个正座和尚，各大庙的方丈都来了，下面的和尚上百。谁当这个首座？推来推去，还是石桥——善因寺的方丈！他往上一坐，就跟地藏王菩萨一样，这就不用说了；那一声"开香赞"，围看的上千人立时鸦雀无声。说：嗓子要练，夏练三伏，冬练三九，要练丹田气！说：要吃得苦中苦，方为人上人！说：和尚里也有状元、榜眼、探花！要用心，不要贪玩！舅舅这一番大法说得明海和尚实在是五体投地，于是就一板一眼地跟着舅舅唱起来：

炉香乍爇——

炉香乍爇——

法界蒙薰——

法界蒙薰——

诸佛现金身……

诸佛现金身……

…………

等明海学完了早经，——他晚上临睡前还要学一段，叫做晚经，——荸荠庵的师父们就都陆续起床了。

这庵里人口简单，一共六个人。连明海在内，五个和尚。

有一个老和尚，六十几了，是舅舅的师叔，法名普照，但是知道的人很少，因为很少人叫他法名，都称之为老和尚或老师父，明海叫他师爷爷。这是个很枯寂的人，一天关在房里，就是那"一花一世界"里。也看不见他念佛，只是那么一声不响地坐着。他是吃斋的，过年时除外。

下面就是师兄弟三个，仁字排行：仁山、仁海、仁渡。庵里庵外，有的称他们为大师父、二师父；有的称之为山师父、海师父。只有仁渡，没有叫他"渡师父"的，因为听起来不像话，大都直呼之为仁渡。他也只配如此，因为他还年轻，才二十多岁。

仁山，即明子的舅舅，是当家的。不叫"方丈"，也不叫"住持"，却叫"当家的"，是很有道理的，因为他确确实实干的是当家的职务。他屋里摆的是一张账桌，桌子上放的是账簿和算盘。账簿共有三本。一本是经账，一本是租账，一本是债账。和尚要做法事，做法事要收钱,——要不,当和尚干什么?常做的法事是放焰口。正规的焰口是十个人。一个正座,一个敲鼓的,两边一边四个。人少了,八个,一边三个,也凑合了。荸荠庵只有四个和尚,要放整焰口就得和别的庙里合伙。这样的时候也有过。通常只是放半台焰口。一个正座,一个敲鼓,另外一边一个。一来找别的庙里合伙费事;二来这一带放得起整焰口的人家也不多。有的时候,谁家死了人,就只请两个,甚至一个和尚咕噜咕噜念一通经,敲打几声法器就算完事。很多人家的经钱不是当时就给,往往要等秋后才还。这就得记账。另外,和尚放焰口的辛苦钱不是一样的。就像唱戏一样,有份子。正座第一份。因为他要领唱,而且还要独唱。当中有一大段"叹骷髅",别的和尚都放下法器休息,只有首座一个人有板有眼地曼声吟唱。第二份是敲鼓的。你以为这容易呀?哼,单是一开头的"发擂",手上没功夫就敲不出迟疾顿挫!其余的,就一样了。这也得记上:某月某日、谁家焰口半台,谁正座,谁敲鼓……省得到年底结账时赌咒骂娘。……这庵里有几十亩庙产,租给人种,到时候要收租。庵里还放债。租、债一向倒很少亏欠,因为租佃借钱的人怕菩萨不高兴。这三本账就够仁山忙的了。另外香烛灯火、油盐"福食",这也得随时记记账呀。除了账簿之外,山师父的方丈的墙上还挂着一块水牌,上漆四个红字:"勤笔免思"。

仁山所说当一个好和尚的三个条件,他自己其实一条也不具备。他的相貌只要用两个字就说清楚了:黄,胖。声音也不像钟磬,倒像母猪。聪明么？难说，打牌老输。他在庵里从不穿袈裟，连海青直裰也免了。经常是披着件短僧衣，袒露着一个黄色的肚子。下面是光脚趿拉着一双僧鞋，——新鞋他也是趿拉着。他一天就是这样不衫不履地这里走走，那里走走，发出母猪一样的声音："呣——呣——"

二师父仁海。他是有老婆的。他老婆每年夏秋之间来住几个月，因为庵里凉快。庵里有六个人，其中之一，就是这位和尚的家眷。仁山、仁渡叫她嫂子，明海叫她师娘。这两口子都很爱干净，整天的洗涮。傍晚的时候，坐在天井里乘凉。白天，闷在屋里不出来。

三师父是个很聪明精干的人。有时一笔账大师兄扒了半天算盘也算不清，他眼珠子转两转，早算得一清二楚。他打牌赢的时候多，二三十张牌落地，上下家手里有些什么牌，他就差不多都知道了。他打牌时，总有人爱在他后面看歪头胡。谁家约他打牌，就说"想送两个钱给你。"他不但经忏俱通（小庙的和尚能够拜忏的不多），而且身怀绝技，会"飞铙"。七月间有些地方做盂兰会，在旷地上放大焰口，几十个和尚，穿绣花袈裟，飞铙。飞铙就是把十多斤重的大铙钹飞起来。到了一定的时候，全部法器皆停，只几十副大铙紧张急促地敲起来。忽然起手，大铙向半空中飞去，一面飞，一面旋转。然后，又落下来，接住。接住不是平平常常地接住，有各种架势，"犀牛望月""苏秦背剑"……这哪是念经，这是耍杂技。也许是地藏王菩萨爱看这个，但真正因此快乐起来的是人,尤其是妇女和孩子。这是年轻漂亮的和尚出风头的机会。一场大焰口过后,也像一个好戏班子过后一样,会有一个两个大姑娘、小媳妇失踪,——跟和尚跑了。他还会放"花焰口"。有的人家,亲戚中多风流子弟,在不是很哀伤的佛事——如做冥寿时,就会提出放花焰口。所谓"花焰口"就是在正焰口之后,叫和尚唱小调,拉丝弦,吹管笛,敲鼓板,而且可以点唱。仁渡一个人可以唱一夜不重头。仁渡前几年一直在外面,近二年才常住在庵里。据说他有相好的,而且不止一个。他平常可是很规矩,看到姑娘媳妇总是老老实实的,连一句玩笑话都不说,一句小调山歌都不唱。有一回,在打谷场上乘凉的时候,一伙人把他围起来,非叫他唱两个不可。他却情不过,说:"好,唱一个。不唱家乡的。家乡的你们都熟。唱个安徽的。"

姐和小郎打大麦,
一转子讲得听不得。
听不得就听不得,
打完了大麦打小麦。

唱完了,大家还嫌不够,他就又唱了一个:

姐儿生得漂漂的,
两个奶子翘翘的。

有心上去摸一把,

心里有点跳跳的。

……………

这个庵里无所谓清规,连这两个字也没人提起。

仁山吃水烟,连出门做法事也带着他的水烟袋。

他们经常打牌。这是个打牌的好地方。把大殿上吃饭的方桌往门口一搭,斜放着,就是牌桌。桌子一放好,仁山就从他的方丈里把筹码拿出来,哗啦一声倒在桌上。斗纸牌的时候多,搓麻将的时候少。牌客除了师兄弟三人,常来的是一个收鸭毛的,一个打兔子兼偷鸡的,都是正经人。收鸭毛的担一副竹筐,串乡串镇,拉长了沙哑的声音喊叫:

"鸭毛卖钱——!"

偷鸡的有一件家什——铜蜻蜓。看准了一只老母鸡,把铜蜻蜓一丢,鸡婆子上去就是一口。这一啄,铜蜻蜓的硬簧绷开,鸡嘴撑住了,叫不出来了。正在这鸡十分纳闷的时候,上去一把薅住。

明子曾经跟这位正经人要过铜蜻蜓看看。他拿到小英子家门前试了一试,果然!小英子的娘知道了,骂明子:

"要死了!儿子!你怎么到我家来玩铜蜻蜓了!"

小英子跑过来:

"给我!给我!"

她也试了试,真灵,一个黑母鸡一下子就把嘴撑住,傻了眼了!

下雨阴天，这二位就光临荸荠庵，消磨一天。

有时没有外客，就把老师叔也拉出来，打牌的结局，大都是当家和尚气得鼓鼓的："×妈妈的！又输了！下回不来了！"

他们吃肉不瞒人。年下也杀猪。杀猪就在大殿上。一切都和在家人一样，开水、木桶、尖刀。捆猪的时候，猪也是没命地叫。跟在家人不同的，是多一道仪式，要给即将升天的猪念一道"往生咒"，并且总是老师叔念，神情很庄重：

"……一切胎生、卵生、息生，来从虚空来，还归虚空去。往生再世，皆当欢喜。南无阿弥陀佛！"

三师父仁渡一刀子下去，鲜红的猪血就带着很多沫子喷出来。

…………

明子老往小英子家里跑。

小英子的家像一个小岛，三面都是河，西面有一条小路通到荸荠庵。独门独户，岛上只有这一家。岛上有六棵大桑树，夏天都结大桑椹，三棵结白的，三棵结紫的；一个菜园子，瓜豆蔬菜，四时不缺。院墙下半截是砖砌的，上半截是泥夯的。大门是桐油油过的，贴着一副万年红的春联：

向阳门第春常在
积善人家庆有余

门里是一个很宽的院子。院子里一边是牛屋、碓棚；一边是猪圈、鸡窠，还有个关鸭子的栅栏。露天地放着一具石磨。正北面是住房，也是砖基土筑，上面盖的一半是瓦，一半是草。房子翻修了才三年，木料还露着白茬。正中是堂屋，家神菩萨的画像上贴的金还没有发黑。两边是卧房。隔扇窗上各嵌了一块一尺见方的玻璃，明亮亮的，——这在乡下是不多见的。房檐下一边种着一棵石榴树，一边种着一棵栀子花，都齐房檐高了。夏天开了花，一红一白，好看得很。栀子花香得冲鼻子。顺风的时候，在荸荠庵都闻得见。

这家人口不多。他家当然是姓赵。一共四口人：赵大伯、赵大妈，两个女儿，大英子、小英子。老两口没有儿子。因为这些年人不得病，牛不生灾，也没有大旱大水闹蝗虫，日子过得很兴旺。他们家自己有田，本来够吃的了，又租种了庵上的十亩田。自己的田里，一亩种了荸荠，——这一半是小英子的主意，她爱吃荸荠，一亩种了茨菇。家里喂了一大群鸡鸭，单是鸡蛋鸭毛就够一年的油盐了。赵大伯是个能干人。他是一个"全把式"，不但田里场上样样精通，还会罩鱼、洗磨、凿碓、修水车、修船、砌墙、烧砖、箍桶、劈篾、绞麻绳。他不咳嗽，不腰疼，结结实实，像一棵榆树。人很和气，一天不声不响。赵大伯是一棵摇钱树，赵大娘就是个聚宝盆。大娘精神得出奇。五十岁了，两个眼睛还是清亮亮的。不论什么时候，头都是梳得滑滴滴的，身上衣服都是格挣挣的。像老头子一样，她一天不闲着。煮猪食，喂猪，腌咸菜，——她腌的咸萝卜干非常好吃，舂粉子，磨小豆腐，编蓑衣，织芦箄。她还会剪花样子。这里嫁闺女,陪嫁妆,磁坛子、锡罐子,都要用梅红纸剪出吉祥花样,贴在上面,讨个吉利,也才好看:"丹凤朝阳"呀、"白头到老"呀、"子孙万代"呀、"福寿绵长"呀。二三十里的人家都来请她:"大娘,好日子是十六,你哪天去呀?"——"十五,我一大清早就来!"

"一定呀!"——"一定!一定!"

两个女儿,长得跟她娘像一个模子里托出来的。眼睛长得尤其像,白眼珠鸭蛋青,黑眼珠棋子黑,定神时如清水,闪动时像星星。浑身上下,头是头,脚是脚。头发滑滴滴的,衣服格挣挣的。——这里的风俗,十五六岁的姑娘就都梳上头了。这两个丫头,这一头的好头发!通红的发根,雪白的簪子!娘女三个去赶集,一集的人都朝她们望。

姐妹俩长得很像,性格不同。大姑娘很文静,话很少,像父亲。小英子比她娘还会说,一天咭咭呱呱地不停。大姐说:

"你一天到晚咭咭呱呱——"

"像个喜鹊!"

"你自己说的!——吵得人心乱!"

"心乱?"

"心乱!"

"你心乱怪我呀!"

二姑娘话里有话。大英子已经有了人家。小人她偷偷地看过,人很敦厚,也不难看,家道也殷实,她满意。已经下过小定,日子还没有定下来。她这二年,很少出房门,整天赶她的嫁妆。大裁大剪,她都会。挑花绣花,不如娘。她可又嫌娘出的样子太老了。她到城里看过新娘子,说人家现在绣的都是活花活草。这可把娘难住了。最后是喜鹊忽然一拍屁股:"我给你保举一个人!"

这人是谁?是明子。明子念"上孟下孟"的时候,不知怎么得了半套《芥子园》,他喜欢得很。到了荸荠庵,他还常翻出来看,有时还把旧账簿子翻过来,照着描。小英子说:

"他会画!画得跟活的一样!"

小英子把明海请到家里来,给他磨墨铺纸,小和尚画了几张,大英子喜欢得了不得:

"就是这样!就是这样!这就可以乱孱!"——所谓"乱孱"是绣花的一种针法:绣了第一层,第二层的针脚插进第一层的针缝,这样颜色就可由深到淡,不露痕迹,不像娘那一代绣的花是平针,深浅之间,界限分明,一道一道的。小英子就像个书僮,又像个参谋:

"画一朵石榴花!"

"画一朵栀子花!"

她把花掐来,明海就照着画。

到后来,凤仙花、石竹子、水蓼、淡竹叶、天竺果子、腊梅花,他都能画。

大娘看着也喜欢,搂住明海的和尚头:

"你真聪明!你给我当一个干儿子吧!"

小英子捺住他的肩膀,说:

"快叫！快叫！"

小明子跪在地下磕了一个头，从此就叫小英子的娘做干娘。

大英子绣的三双鞋，三十里方圆都传遍了。很多姑娘都走路坐船来看。看完了，就说："啧啧啧，真好看！这哪是绣的，这是一朵鲜花！"她们就拿了纸来央大娘求了小和尚来画。有求画帐檐的，有求画门帘飘带的，有求画鞋头花的。每回明子来画花，小英子就给他做点好吃的，煮两个鸡蛋，蒸一碗芋头，煎几个藕团子。

因为照顾姐姐赶嫁妆，田里的零碎生活小英子就全包了。她的帮手，是明子。

这地方的忙活是栽秧、车高田水、薅头遍草，再就是割稻子、打场了。这几茬重活，自己一家是忙不过来的。这地方兴换工。排好了日期，几家顾一家，轮流转。不收工钱，但是吃好的。一天吃六顿，两头见肉，顿顿有酒。干活时，敲着锣鼓，唱着歌，热闹得很。其余的时候，各顾各，不显得紧张。

薅三遍草的时候，秧已经很高了，低下头看不见人。一听见非常脆亮的嗓子在一片浓绿里唱：

栀子哎开花哎六瓣头哎……

姐家哎门前哎一道桥哎……

明海就知道小英子在哪里，三步两步就赶到，赶到就低头薅起草来。傍晚牵牛"打汪",是明子的事。——水牛怕蚊子。这里的习惯,牛卸了轭,饮了水,就牵到一口和好泥水的"汪"里,由它自己打滚扑腾,弄得全身都是泥浆,这样蚊子就咬不透了。低田上水,只要一挂十四轧的水车,两个人车半天就够了。明子和小英子就伏在车杠上,不紧不慢地踩着车轴上的拐子,轻轻地唱着明海向三师父学来的各处山歌。打场的时候,明子能替赵大伯一会,让他回家吃饭。——赵家自己没有场,每年都在荸荠庵外面的场上打谷子。他一扬鞭子,喊起了打场号子:

"格当嘚——"

这打场号子有音无字,可是九转十三弯,比什么山歌号子都好听。赵大娘在家,听见明子的号子,就侧起耳朵:

"这孩子这条嗓子!"

连大英子也停下针线:

"真好听!"

小英子非常骄傲地说:

"一十三省数第一!"

晚上,他们一起看场。——荸荠庵收来的租稻也晒在场上。他们并肩坐在一个石磙子上,听青蛙打鼓,听寒蛇唱歌,——这个地方以为蝼蛄叫是蚯蚓叫,而且叫蚯蚓叫"寒蛇",听纺纱婆子不停地纺纱,"唦——",看萤火虫飞来飞去,看天上的流星。

"呀!我忘了在裤带上打一个结!"小英子说。

这里的人相信,在流星掉下来的时候在裤带上打一个结,心里想什么好事，就能如愿。

....

"掏"荸荠，这是小英子最爱干的生活。秋天过去了，地净场光，荸荠的叶子枯了，——荸荠的笔直的小葱一样的圆叶子里是一格一格的，用手一捋，哔哔地响，小英子最爱捋着玩，——荸荠藏在烂泥里。赤了脚，在凉浸浸滑溜溜的泥里踩着，——哎，一个硬疙瘩！伸手下去，一个红紫红紫的荸荠。她自己爱干这生活，还拉了明子一起去。她老是故意用自己的光脚去踩明子的脚。

她挎着一篮子荸荠回去了，在柔软的田埂上留了一串脚印。明海看着她的脚印，傻了。五个小小的趾头，脚掌平平的，脚跟细细的，脚弓部分缺了一块。明海身上有一种从来没有过的感觉，他觉得心里痒痒的。这一串美丽的脚印把小和尚的心搞乱了。

....

明子常搭赵家的船进城，给庵里买香烛，买油盐。闲时是赵大伯划船；忙时是小英子去，划船的是明子。

从庵赵庄到县城，当中要经过一片很大的芦花荡子。芦苇长得密密的，当中一条水路，四边不见人。划到这里，明子总是无端端地觉得心里很紧张，他就使劲地划桨。

小英子喊起来：

"明子！明子！你怎么啦？你发疯啦？为什么划得这么快？"

....

明海到善因寺去受戒。

"你真的要去烧戒疤呀？"

"真的。"

"好好的头皮上烧八个洞，那不疼死啦？"

"咬咬牙。舅舅说这是当和尚的一大关，总要过的。"

"不受戒不行吗？"

"不受戒的是野和尚。"

"受了戒有啥好处？"

"受了戒就可以到处云游，逢寺挂褡。"

"什么叫'挂褡'？"

"就是在庙里住。有斋就吃。"

"不把钱？"

"不把钱。有法事，还得先尽外来的师父。"

"怪不得都说'远来的和尚会念经'。就凭头上这几个戒疤？"

"还要有一份戒牒。"

"闹半天，受戒就是领一张和尚的合格文凭呀！"

"就是！"

"我划船送你去。"

"好。"

小英子早早就把船划到荸荠庵门前。不知是什么道理，她兴奋得很。她充满了好奇心，想去看看善因寺这座大庙，看看受戒是个啥样子。

善因寺是全县第一大庙，在东门外，面临一条水很深的护城河，三面都是大树，寺在树林子里，远处只能隐隐约约看到一点金碧辉煌的屋顶，不知道有多大。树上到处挂着"谨防恶犬"的牌子。这寺里的狗出名的厉害。平常不大有人进去。放戒期间，任人游看，恶狗都锁起来了。

好大一座庙！庙门的门坎比小英子的胯膝都高。迎门矗着两块大牌，一边一块，一块写着斗大两个大字："放戒"，一块是："禁止喧哗"。这庙里果然是气象庄严，到了这里谁也不敢大声咳嗽。明海自去报名办事，小英子就到处看看。好家伙，这哼哈二将、四大天王，有三丈多高，都是簇新的，才装修了不久。天井有二亩地大，铺着青石，种着苍松翠柏。"大雄宝殿"，这才真是个"大殿"！一进去，凉嗖嗖的。到处都是金光耀眼。释迦牟尼佛坐在一个莲花座上。单是莲座，就比小英子还高。抬起头来也看不全他的脸，只看到一个微微闭着的嘴唇和胖敦敦的下巴。两边的两根大红蜡烛，一搂多粗。佛像前的大供桌上供着鲜花、绒花、绢花，还有珊瑚树、玉如意、整棵的大象牙。香炉里烧着檀香。小英子出了庙，闻着自己的衣服都是香的。挂了好些幡。这些幡不知是什么缎子的，那么厚重，绣的花真细。这么大一口磬，里头能装五担水！这么大一个木鱼，有一头牛大，漆得通红的。她又去转了转罗汉堂，爬到千佛楼上看了看。真有一千个小佛！她还跟着一些人去看了看藏经楼。藏经楼没有什么看头，都是经书！妈吔！逛了这么一圈，腿都酸了。小英子想起还要给家里打油，替姐姐配丝线，给娘买鞋面布，给自己买两个坠围裙飘带的银蝴蝶，给爹买旱烟，就出庙了。

等把事情办齐，晌午了。她又到庙里看了看，和尚正在吃粥。好大一个"膳堂"，坐得下八百个和尚。吃粥也有这样多讲究：正面法座上摆着两个锡胆瓶，里面插着红绒花，后面盘膝坐着一个穿了大红满金绣袈裟的和尚，手里拿了戒尺。这戒尺是要打人的。哪个和尚吃粥吃出了声音，他下来就是一戒尺。不过他并不真的打人，只是做个样子。真稀奇，那么多的和尚吃粥，竟然不出一点声音！她看见明子也坐在里面，想跟他打个招呼又不好打。想了想，管他禁止不禁止喧哗，就大声喊了一句："我走啦！"她看见明子目不斜视地微微点了点头，就不管很多人都朝自己看，大摇大摆地走了。

第四天一大清早小英子就去看明子。她知道明子受戒是第三天半夜，——烧戒疤是不许人看的。她知道要请老剃头师傅剃头，要剃得横摸顺摸都摸不出头发茬子，要不然一烧，就会"走"了戒，烧成了一片。她知道是用枣泥子先点在头皮上，然后用香头子点着。她知道烧了戒疤就喝一碗蘑菇汤，让它"发"，还不能躺下，要不停地走动，叫做"散戒"。这些都是明子告诉她的。明子是听舅舅说的。

她一看，和尚真在那里"散戒"，在城墙根底下的荒地里。一个一个，穿了新海青，光光的头皮上都有八个黑点子。——这黑疤掉了，才会露出白白的、圆圆的"戒疤"。和尚都笑嘻嘻的，好像很高兴。她一眼就看见了明子。隔着一条护城河，就喊他：

"明子!"

"小英子!"

"你受了戒啦?"

"受了。"

"疼吗?"

"疼。"

"现在还疼吗?"

"现在疼过去了。"

"你哪天回去?"

"后天。"

"上午?下午?"

"下午。"

"我来接你!"

"好!"

…………

小英子把明海接上船。

小英子这天穿了一件细白夏布上衣,下边是黑洋纱的裤子,赤脚穿了一双龙须草的细草鞋,头上一边插着一朵栀子花,一边插着一朵石榴花。她看见明子穿了新海青,里面露出短褂子的白领子,就说:"把你那外面的一件脱了,你不热呀!"

他们一人一把桨。小英子在中舱,明子扳艄,在船尾。

她一路问了明子很多话,好像一年没有看见了。

她问，烧戒疤的时候，有人哭吗？喊吗？

明子说，没有人哭。有个山东和尚骂人：

"俺日你奶奶！俺不烧了！"

她问善因寺的方丈石桥是相貌和声音都很出众吗？

"是的。"

"说他的方丈比小姐的绣房还讲究？"

"讲究。什么东西都是绣花的。"

"他屋里很香？"

"很香。他烧的是伽楠香，贵得很。"

"听说他会做诗。会画画，会写字？"

"会。庙里走廊两头的砖额上，都刻着他写的大字。"

"他是有个小老婆吗？"

"有一个。"

"才十九岁？"

"听说。"

"好看吗？"

"都说好看。"

"你没看见？"

"我怎么会看见？我关在庙里。"

明子告诉她，善因寺一个老和尚告诉他，寺里有意选他当沙弥尾，不过还没有定，要等主事的和尚商议。

"什么叫'沙弥尾'？"

"放一堂戒,要选出一个沙弥头,一个沙弥尾。沙弥头要老成,要会念很多经。沙弥尾要年轻,聪明,相貌好。"

"当了沙弥尾跟别的和尚有什么不同?"

"沙弥头,沙弥尾,将来都能当方丈。现在的方丈退居了,就当。石桥原来就是沙弥尾。"

"你当沙弥尾吗?"

"还不一定哪。"

"你当方丈,管善因寺?管这么大一个庙?!"

"还早呐!"

划了一气,小英子说:"你不要当方丈!"

"好,不当。"

"你也不要当沙弥尾!"

"好,不当。"

又划了一气,看见那一片芦花荡子了。

小英子忽然把桨放下,走到船尾,趴在明子的耳朵旁边,小声地说:

"我给你当老婆,你要不要?"

明子眼睛鼓得大大的。

"你说话呀!"

明子说:"嗯。"

"什么叫'嗯'呀!要不要,要不要?"

明子大声地说:"要!"

"你喊什么！"

明子小小声说："要——！"

"快点划！"

英子跳到中舱，两只桨飞快地划起来，划进了芦花荡。

芦花才吐新穗。紫灰色的芦穗，发着银光，软软的，滑溜溜的，像一串丝线。有的地方结了蒲棒，通红的，像一枝一枝小蜡烛。青浮萍，紫浮萍。长脚蚊子，水蜘蛛。野菱角开着四瓣的小白花。惊起一只青桩（一种水鸟），擦着芦穗，扑鲁鲁鲁飞远了。

…………

一九八〇年八月十二日，写四十三年前的一个梦

大淖记事

一

这地方的地名很奇怪,叫作大淖。全县没有几个人认得这个淖字。县境之内,也再没有别的叫作什么淖的地方。据说这是蒙古话。那么这地名大概是元朝留下的。元朝以前这地方有没有,叫作什么,就无从查考了。

淖,是一片大水。说是湖泊,似还不够,比一个池塘可要大得多,春夏水盛时,是颇为浩渺的。这是两条水道的河源。淖中央有一条狭长的沙洲。沙洲上长满茅草和芦荻。春初水暖,沙洲上冒出很多紫红色的芦芽和灰绿色的蒌蒿,很快就是一片翠绿了。夏天,茅草、芦荻都吐出雪白的丝穗,在微风中不住地点头。秋天,全都枯黄了,就被人割去,加到自己的屋顶上去了。冬天,下雪,这里总比别处先白。化雪的时候，也比别处化得慢。河水解冻了，发绿了，沙洲上的残雪还亮晶晶地堆积着。这条沙洲是两条河水的分界处。从淖里坐船沿沙洲西面北行，可以看到高阜上的几家炕房。绿柳丛中，露出雪白的粉墙，黑漆大书四个字："鸡鸭炕房"，非常显眼。炕房门外，照例都有一块小小土坪，有几个人坐在树桩上负曝闲谈。不时有人从门里挑出一副很大的扁圆的竹笼，笼口络着绳网，里面是松花黄色的，毛茸茸，挨挨挤挤，啾啾乱叫的小鸡小鸭。由沙洲往东，要经过一座浆坊。浆是浆衣服用的。这里的人，衣服被里洗过后，都要浆一浆。浆过的衣服，穿在身上沙沙作响。浆是芡实水磨，加一点明矾，澄去水分，晒干而成。这东西是不值什么钱的。一大盆衣被，只要到杂货店花两三个铜板，买一小块，用热水冲开，就足够用了。但是全县浆粉都由这家供应（这东西是家家用得着的），所以规模也不算小。浆坊有四五个师傅忙碌着。喂着两头毛驴，轮流上磨。浆坊门外，有一片平场，太阳好的时候，每天晒着浆块，白得叫人眼睛都睁不开。炕房、浆坊附近还有几家买卖荸荠、茨菰、菱角、鲜藕的鲜货行，集散鱼蟹的鱼行和收购青草的草行。过了炕房和浆坊，就都是田畴麦垄，牛棚水车，人家的墙上贴着黑黄色的牛屎粑粑，——牛粪和水，拍成饼状，直径半尺，整齐地贴在墙上晾干，作燃料，已经完全是农村的景色了。由大淖北去，可至北乡各村。东去可至一沟、二沟、三垛，直达邻县兴化。

大淖的南岸，有一座漆成绿色的木板房，房顶、地面，都是木板的。这原是一个轮船公司。靠外手是候船的休息室。往里去，临水，就是码头。原来曾有一只小轮船，往来本城的兴化，隔日一班，单日开走，双日返回。小轮船漆得花花绿绿的，飘着万国旗，机器突突地响，烟筒冒着黑烟，装货、卸货、上客、下客，也有卖牛肉、高粱酒、花生瓜子、芝麻灌香糖的小贩，吆吆喝喝，是热闹过一阵的。后来因为公司赔了本，股东无意继续经营，就卖船停业了。这间木板房子倒没有拆去。现在里面空荡荡、冷清清，只有附近的野孩子到候船室来唱戏玩，棍棍棒棒，乱打一气；或到码头上比赛撒尿。七八个小家伙，齐齐地站成一排，把一泡泡骚尿哗哗地撒到水里，看谁尿得最远。

大淖指的是这片水，也指水边的陆地。这里是城区和乡下的交界处。从轮船公司往南，穿过一条深巷，就是北门外东大街了。坐在大淖的水边，可以听到远远地一阵一阵朦朦胧胧的市声，但是这里的一切和街里不一样。这里没有一家店铺。这里的颜色、声音、气味和街里不一样。这里的人也不一样。他们的生活，他们的风俗，他们的是非标准、伦理道德观念和街里的穿长衣念过"子曰"的人完全不同。

二

由轮船公司往东往西，各距一箭之遥，有两丛住户人家。这两丛人家，也是互不相同的，各是各乡风。

西边是几排错错落落的低矮的瓦屋。这里住的是做小生意的。他们大都不是本地人，是从下河一带，兴化、泰州、东台等处来的客户。卖紫萝卜的（紫萝卜是比荸荠略大的扁圆形的萝卜，外皮染成深蓝紫色，极甜脆），卖风菱的（风菱是很大的两角的菱角，壳极硬），卖山里红的，卖熟藕（藕孔里塞了糯米煮熟）的。还有一个从宝应来的卖眼镜的，一个从杭州来的卖天竺筷的。他们像一些候鸟，来去都有定时。来时，向相熟的人家租一间半间屋子，住上一阵，有的住得长一些，有的短一些，到生意做完，就走了。他们都是日出而作，日入而息。吃罢早饭，各自背着、扛着、挎着、举着自己的货色，用不同的乡音，不同的腔调，吟唱、吆唤着上街了。到太阳落山，又都像鸟似的回到自己的窝里。于是从这些低矮的屋檐下就都飘出带点甜味而又呛人的炊烟（所烧的柴草都是半干不湿的）。他们做的都是小本生意，赚钱不大。因为是在客边，对人很和气，凡事忍让，所以这一带平常总是安安静静的，很少有吵嘴打架的事情发生。

这里还住着二十来个锡匠，都是兴化帮。这地方兴用锡器，家家都有几件锡制的家伙。香炉、蜡台、痰盂、茶叶罐、水壶、茶壶、酒壶，甚至尿壶，都是锡的。嫁闺女时都要陪送一套锡器。最少也要有两个能容四五升米的大锡罐，摆在柜顶上，否则就不成其为嫁妆。出阁的闺女生了孩子，娘家要送两大罐糯米粥（另外还要有两只老母鸡，一百鸡蛋），装粥用的就是娘柜顶上的这两个锡罐。因此，二十来个锡匠并不显多。

锡匠的手艺不算费事，所用的家什也较简单。一副锡匠担子，一头是风箱，绳系里夹着几块锡板；一头是炭炉和两块二尺见方、一面裱着好几层表芯纸的方砖。锡器是打出来的，不是铸出来的。人家叫锡匠来打锡器，一般都是自己备料，——把几件残旧的锡器回炉重打。锡匠在人家门道里或是街边空地上，支起担子，拉动风箱，在锅里把旧锡化成锡水，——锡的熔点很低，不大一会就化了；然后把两块方砖对合着（裱纸的一面朝里），在两砖之间压一条绳子，绳子按照要打的锡器圈成近似的形状，绳头留在砖外，把锡水由绳口倾倒过去，两砖一压，就成了锡片；然后，用一个大剪子剪剪，焊好接口，用一个木槌在铁砧上敲敲打打，大约一两顿饭工夫就成型了。锡是软的，打锡器不像打铜器那样费劲，也不那样吵人。粗使的锡器，就这样就能交活。若是细巧的，就还要用刮刀刮一遍，用砂纸打一打，用竹节草（这种草中药店有卖的）磨得锃亮。

这一帮锡匠很讲义气。他们扶持疾病，互通有无，从不抢生意。若是合伙做活，工钱也分得很公道。这帮锡匠有一个头领，是个老锡匠，他说话没有人不听。老锡匠人很耿直，对其余的锡匠（不是他的晚辈就是他的徒弟）管教得很紧。他不许他们赌钱喝酒；嘱咐他们出外做活，要童叟无欺，手脚要干净；不许和妇道嬉皮笑脸。他教他们不要怕事，也绝不要惹事。除了上市应活，平常不让到处闲游乱窜。

老锡匠会打拳，别的锡匠也跟着练武。他屋里有好些白蜡杆，三节棍，没事便搬到外面场地上打对儿。老锡匠说：这是消遣，也可以防身，出门在外，会几手拳脚不吃亏。除此之外，锡匠们的娱乐便是唱唱戏。他们唱的这种戏叫作"小开口"，是一种地方小戏，唱腔本是萨满教的香火（巫师）请神唱的调子，所以又叫"香火戏"。这些锡匠并不信萨满教，但大都会唱香火戏。戏的曲调虽简单，内容却是成本大套，李三娘挑水推磨，生下咬脐郎；白娘子水漫金山；刘金定招亲；方卿唱道情……可以坐唱，也可以化了装彩唱。遇到阴天下雨，不能出街，他们能吹打弹唱一整天。附近的姑娘媳妇都挤过来看，——听。

老锡匠有个徒弟，也是他的侄儿，在家大排行第十一，小名就叫个十一子，外人都只叫他小锡匠。这十一子是老锡匠的一件心事。因为他太聪明，长得又太好看了。他长得挺拔四称，肩宽腰细，唇红齿白，浓眉大眼，头戴遮阳草帽，青鞋净袜，全身衣服整齐合体。天热的时候，敞开衣扣，露出扇面也似的胸脯，五寸宽的雪白的板带煞得很紧。走起路来，高抬脚，轻着地，麻溜利索。锡匠里出了这样一个一表人才，真是鸡窝里飞出了金凤凰。老锡匠心里明白：唱"小开口"的时候，那些挤过来的姑娘媳妇，其实都是来看这位十一郎的。

老锡匠经常告诫十一子，不要和此地的姑娘媳妇拉拉扯扯，尤其不要和东头的姑娘媳妇有什么勾搭："她们和我们不是一样的人！"

三

轮船公司东头都是草房，茅草盖顶，黄土打墙，房顶两头多盖着半片破缸破瓮，防止大风时把茅草刮走。这里的人，世代相传，都是挑夫。男人、女人、大人、孩子，都靠肩膀吃饭。

挑得最多的是稻子。东乡、北乡的稻船，都在大淖靠岸。满船的稻子，都由这些挑夫挑走。或送到米店，或送进哪家大户的廒仓，或挑到南门外琵琶闸的大船上，沿运河外运。有时还会一直挑到车逻、马棚湾这样很远的码头上。单程一趟，或五六里，或七八里、十多里不等。一二十人走成一串，步子走得很匀，很快。一担稻子一百五十斤，中途不歇肩。一路不停地打着号子。换肩时一齐换肩。打头的一个，手往扁担上一搭，一二十副担子就同时由右肩转到左肩上来了。每挑一担，领一根"筹子"，——尺半长，一寸宽的竹牌，上涂白漆，一头是红的。到傍晚凭筹领钱。

稻谷之外，什么都挑。砖瓦、石灰、竹子（挑竹子一头拖在地上，在砖铺的街面上擦得刷刷地响）、桐油（桐油很重，使扁担不行，得用木杠，两人抬一桶）……因此，一年三百六十天，天天有活干，饿不着。

十三四岁的孩子就开始挑了。起初挑半担，用两个柳条笆斗。练上一二年，人长高了，力气也够了，就挑整担，像大人一样的挣钱了。

挑夫们的生活很简单：卖力气，吃饭。一天三顿，都是干饭。

这些人家都不盘灶，烧的是"锅腔子"——黄泥烧成的矮瓮，一面开口烧火。烧柴是不花钱的。淖边常有草船，乡下人挑芦柴入街去卖，一路总要撒下一些。凡是尚未挑担挣钱的孩子，就一人一把竹笆，到处去搂。因此，这些顽童得到一个稍带侮辱性的称呼，叫作"笆草鬼子"。有时懒得费事，就从乡下人的草担上猛力拽出一把，拔腿就溜。等乡下人撂下担子叫骂时，他们早就没影儿了。锅腔子无处出烟，烟子就横溢出来，飘到大淖水面上，平铺开来，停留不散。这些人家无隔宿之粮，都是当天买，当天吃。吃的都是脱粟的糙米。一到饭时，就看见这些茅草房子的门口蹲着一些男子汉，捧着一个蓝花大海碗，碗里是骨堆堆的一碗紫红紫红的米饭，一边堆着青菜小鱼、臭豆腐、腌辣椒，大口大口地在吞食。他们吃饭不怎么嚼，只在嘴里打一个滚，咕咚一声就咽下去了。看他们吃得那样香，你会觉得世界上再没有比这个饭更好吃的饭了。

　　他们也有年，也有节。逢年过节，除了换一件干净衣裳，吃得好一些，就是聚在一起赌钱。赌具，也是钱。打钱，滚钱。打钱：各人拿出一二十铜圆，叠成很高的一摞。参与者远远地用一个钱向这摞铜钱砸去，砸倒多少取多少。滚钱又叫"滚五七寸"。在一片空场上，各人放一摞钱；一块整砖支起一个斜坡，用一个铜圆由砖面落下，向钱注密处滚去，钱停住后，用事前备好的两根草棍量一量，如距钱注五寸，滚钱者即可吃掉这一注；距离七寸，反赔出与此注相同之数。这种古老的博法使挑夫们得到极大的快乐。旁观的闲人也不时大声喝彩，为他们助兴。

这里的姑娘媳妇也都能挑。她们挑得不比男人少，走得不比男人慢。挑鲜货是她们的专业。大概是觉得这种水淋淋的东西对女人更相宜，男人们是不屑于去挑的。这些"女将"都生得颀长俊俏，浓黑的头发上涂了很多梳头油，梳得油光水滑（照当地说法是：苍蝇站上去都会闪了腿）。脑后的发髻都极大。发髻的大红头绳的发根长到二寸，老远就看到通红的一截。她们的发髻的一侧总要插一点什么东西。清明插一个柳球（杨柳的嫩枝，一头拿牙咬着，把柳枝的外皮连同鹅黄的柳叶使劲往下一抹，成一个小小球形），端午插一丛艾叶，有鲜花时插一朵栀子、一朵夹竹桃，无鲜花时插一朵大红剪绒花。因为常年挑担，衣服的肩膀处易破，她们的托肩多半是换过的。旧衣服，新托肩，颜色不一样，这几乎成了大淖妇女的特有的服饰。一二十个姑娘媳妇，挑着一担担紫红的荸荠、碧绿的菱角、雪白的连枝藕，走成一长串，风摆柳似的嚓嚓地走过，好看得很！

她们像男人一样的挣钱，走相、坐相也像男人。走起来一阵风，坐下来两条腿叉得很开。她们像男人一样赤脚穿草鞋（脚指甲却用凤仙花染红）。她们嘴里不忌生冷，男人怎么说话她们怎么说话，她们也用男人骂人的话骂人。打起号子来也是："好大娘个歪歪子咧！"——"歪歪子咧……"

没出门子的姑娘还文雅一点，一做了媳妇就简直是"姜太公在此百无禁忌"，要多野有多野。有一个老光棍黄海龙，年轻时也是挑夫，后来腿脚有了点毛病，就在码头上看看稻船，收收筹子。这老头儿老没正轻，一把胡子了，还喜欢在媳妇们的胸前屁股上摸一把，拧一下。按辈分，他应当被这些媳妇称呼一声叔公，可是谁都管他叫"老骚胡子"。有一天，他又动手动脚的，几个媳妇一咬耳朵，一二三，一齐上手，眨眼之间叔公的裤子就挂在大树顶上了。有一回，叔公听见卖饺面的挑着担子，敲着竹梆走来，他又来劲了："你们敢不敢到淖里洗个澡？——敢，我一个人输你们两碗饺面！"——"真的？"——"真的！"——"好！"几个媳妇脱了衣服跳到淖里扑通扑通洗了一会。爬上岸就大声喊叫：

"下面！"

这里人家的婚嫁极少明媒正娶，花轿吹鼓手是挣不着他们的钱的。媳妇，多是自己跑来的；姑娘，一般是自己找人。他们在男女关系上是比较随便的。姑娘在家生私孩子；一个媳妇，在丈夫之外，再"靠"一个，不是稀奇事。这里的女人和男人好，还是恼，只有一个标准：情愿。有的姑娘、媳妇相与了一个男人，自然也跟他要钱买花戴，但是有的不但不要他们的钱，反而把钱给他花，叫作"倒贴"。

因此，街里的人说这里"风气不好"。

到底是哪里的风气更好一些呢？难说。

四

　　大淖东头有一户人家。这一家只有两口人，父亲和女儿。父亲名叫黄海蛟，是黄海龙的堂弟（挑夫里姓黄的多）。原来是挑夫里的一把好手。他专能上高跳。这地方大粮行的"窝积"（长条芦席围成的粮囤），高到三四丈，只支一只单跳，很陡。上高跳要提着气一口气蹿上去，中途不能停留。遇到上了一点岁数的或者"女将"，抬头看看高跳，有点含糊，他就走过去接过二百斤的担子，一支箭似的上到跳顶，两手一提，把两箩稻子倒在"窝积"里，随即三五步就下到平地。因为为人忠诚老实，二十五岁了，还没有成亲。那年在车逻挑粮食，遇到一个姑娘向他问路。这姑娘留着长长的刘海，梳了一个"苏州俏"的发髻，还抹了一点胭脂，眼色张皇，神情焦急，她问路，可是连一个准地名都说不清，一看就知道是大户人家逃出来的使女。黄海蛟和她攀谈了一会，这姑娘就表示愿意跟着他过。她叫莲子。——这地方丫头、使女多叫莲子。

　　莲子和黄海蛟过了一年，给他生了个女儿。七月生的，生下的时候满天都是五色云彩，就取名叫作巧云。

　　莲子的手很巧、也勤快，只是爱穿件华丝葛的裤子，爱吃点瓜子零食，还爱唱"打牙牌"之类的小调："凉月子一出照楼梢，打个呵欠伸懒腰，瞌睡子又上来了。哎哟，哎哟，瞌睡子又上来了……"这和大淖的乡风不大一样。

巧云三岁那年，她的妈莲子，终于和一个过路戏班子的一个唱小生的跑了。那天，黄海蛟正在马棚湾。莲子把黄海蛟的衣裳都浆洗了一遍，巧云的小衣裳也收拾在一起，闷了一锅饭，还给老黄打了半斤酒，把孩子托给邻居，说是她出门有点事，锁了门，从此就不知去向了。

巧云的妈跑了，黄海蛟倒没有怎么伤心难过。这种事情在大淖这个地方也值不得大惊小怪。养熟的鸟还有飞走的时候呢，何况是一个人！只是她留下的这块肉，黄海蛟实在是疼得不行。他不愿巧云在后娘的眼皮底下委委屈屈地生活，因此发心不再续娶。他就又当爹又当妈，和女儿巧云在一起过了十几年。他不愿巧云去挑扁担，巧云从十四岁就学会结渔网和打芦席。

巧云十五岁，长成了一朵花。身材、脸盘都像妈。瓜子脸，一边有个很深的酒窝。眉毛黑如鸦翅，长入鬓角。眼角有点吊，是一双凤眼。睫毛很长，因此显得眼睛经常是眯缝着；忽然回头，睁得大大的，带点吃惊而专注的神情，好像听到远处有人叫她似的。她在门外的两棵树杈之间结网，在淖边平地上织席，就有一些少年人装着有事的样子来来去去。她上街买东西，甭管是买肉、买菜，打油、打酒，撕布、量头绳，买梳头油、雪花膏，买石碱、浆块，同样的钱，她买回来，分量都比别人多，东西都比别人的好。这个奥秘早被大娘、大婶们发现，她们都托她买东西。只要巧云一上街，都挎了好几个竹篮，回来时压得两个胳臂酸疼酸疼。泰山庙唱戏，人家都自己扛了板凳去。巧云散着手就去了。一去了，总有人给她找一个得看的好座。台上的戏唱得正热闹，但是没有多少人叫好。因为好些人不是在看戏，是看她。

巧云十六了，该张罗着自己的事了。谁家会把这朵花迎走呢？炕房的老大？浆坊的老二？鲜货行的老三？他们都有这意思。这点意思黄海蛟知道了，巧云也知道。不然他们老到淖东头来回晃摇是干什么呢？但是巧云没怎么往心里去。

巧云十七岁，命运发生了一个急转直下的变化。她的父亲黄海蛟在一次挑重担上高跳时，一脚踏空，从三丈高的跳板上摔下来，摔断了腰。起初以为不要紧，养养就好了。不想喝了好多药酒，贴了好多膏药，还不见效。她爹半瘫了，他的腰再也直不起来了。他有时下床，扶着一个剃头担子上用的高板凳，咯噔咯噔地走一截，平常就只好半躺下靠在一摞被窝上。他不能用自己的肩膀为女儿挣几件新衣裳，买两枝花，却只能由女儿用一双手养活自己了。还不到五十岁的男子汉，只能做一点老太婆做的事：绩了一捆又一捆的供女儿结网用的麻线。事情很清楚：巧云不会撇下她这个老实可怜的残废爹。谁要愿意，只能上这家来当一个倒插门的养老女婿。谁愿意呢？这家的全部家产只有三间草屋（巧云和爹各住一间，当中是一个小小的堂屋）。老大、老二、老三时不时走来走去，拿眼睛瞟着隔着一层渔网或者坐在雪白的芦席上的一个苗条的身子。他们的眼睛依然不缺乏爱慕，但是减少了几分急切。

老锡匠告诫十一子不要老往淖东头跑，但是小锡匠还短不了要来。大娘、大婶、姑娘、媳妇有旧壶翻新，总喜欢叫小锡匠来；

从大淖过深巷上大街也要经过这里，巧云家门前的柳荫是一个等待雇主的好地方。巧云织席，十一子化锡，正好做伴。有时巧云停下活计，帮小锡匠拉风箱。有时巧云要回家看看她的残废爹，问他想不想吃烟喝水，小锡匠就压住炉里的火，帮她织一气席。巧云的手指划破了（织席很容易划破手，压扁的芦苇薄片，刀一样的锋快），十一子就帮她吮吸指头肚子上的血。巧云从十一子口里知道他家里的事：他是个独子，没有兄弟姐妹。他有一个老娘，守寡多年了。他娘在家给人家做针线，眼睛越来越不好，他很担心她有一天会瞎……

　　好心的大人路过时会想：这倒真是两只鸳鸯，可是配不成对。一家要招一个养老女婿，一家要接一个当家媳妇，弄不到一起。他们俩呢，只是很愿意在一处谈谈坐坐。都到岁数了，心里不是没有。只是像一片薄薄的云，飘过来，飘过去，下不成雨。

　　有一天晚上，好月亮，巧云到淖边一只空船上去洗衣裳（这里的船泊定后，把桨拖到岸上，寄放在熟人家，船就拴在那里，无人看管，谁都可以上去）。她正在船头把身子往前倾着，用力涮着一件大衣裳，一个不知轻重的顽皮野孩子轻轻走到她身后，伸出两手咯吱她的腰。她冷不防，一头栽进了水里。她本会一点水，但是一下子懵了。这几天水又大，流很急。她挣扎了两下，喊救人，接连喝了几口水。她被水冲走了！正赶上十一子在炕房门外土坪上打拳，看见一个人冲了过来，头发在水上漂着。他褪下鞋子，一猛子扎到水底，从水里把她托了起来。

十一子把她肚子里的水控了出来，巧云还是昏迷不醒。十一子只好把她横抱着，像抱一个婴儿似的，把她送回去。她浑身是湿的，软绵绵，热乎乎的。十一子觉得巧云紧紧挨着他，越挨越紧。十一子的心怦怦地跳。

到了家，巧云醒来了。（她早就醒来了！）十一子把她放在床上。巧云换了湿衣裳（月光照出她的美丽的少女的身体）。十一子抓一把草，给她熬了半铞子姜糖水，让她喝下去，就走了。

巧云起来关了门，躺下。她好像看见自己躺在床上的样子。月亮真好。

巧云在心里说："你是个呆子！"

她说出声来了。

不大一会，她也就睡死了。

就在这一天夜里，另外一个人，拨开了巧云家的门。

五

由轮船公司对面的巷子转东大街，往西不远，有一个道士观，叫作炼阳观。现在没有道士了，里面住了不到一营水上保安队。这水上保安队是地方武装。他们名义上归县政府管辖，饷银却由县商会开销，水上保安队的任务是下乡剿土匪。这一带土匪很多，他们抢了人，绑了票，大都藏匿在芦荡湖泊中的船上（这地方到处是水），如遇追捕，便于脱逃。因此，地方绅商觉得很需要成立一个特殊的武装力量来对付这些成帮结伙的土匪。水上保安队装备是很好的。他们乘的船是"铁板划子"——船的三面都有半人高、三四分厚的铁板,子弹是打不透的。铁板划子就停在大淖岸边,样子很高傲。一有任务,就看见大兵们扛着两挺水机关,用箩筐抬着多半筐子弹(子弹不用箱装,却使箩抬,颇奇怪),上了船,开走了。

或七八天,或十天半月,他们得胜回来了(他们有铁板划子,又有水机关,对土匪有压倒优势,很少有伤亡)。铁板划子靠了岸,上岸列队,由深巷,上大街,直奔县政府。这队伍是四列纵队。前面是号队。这不到一营的人,却有十二支号。一上大街,就"打打打滴打大打滴大打",齐齐整整地吹起来。后面是全队弟兄,一律荷枪实弹。号队之后,大队之前的正中,是捉来的土匪。有时三个五个,有时只有一个,都是五花大绑。这队伍是很神气的。最妙的是被绑着的土匪也一律都和着号音,步伐整齐,雄赳赳气昂昂地走着。甚至值日官喊"一、二、三、四",他们也随着大声地喊。大队上街之前,要由地保事先通知沿街店铺,凡有鸟笼的(有的店铺是养八哥、画眉的),都要收起来,因为土匪大哥看见不高兴,这是他们忌讳的(他们到了县政府,都下在大狱里,看见笼中鸟,就无出狱希望了)。看看这样的铜号放光,刺刀雪亮,还夹着几个带有传奇色彩的土匪英雄的威武雄壮的队伍,是这条街上的民众的一件快乐事情。其快乐程度不下于看狮子、龙灯、高跷、抬阁,和僧道齐全、六十四杠的大出丧。

除了下乡办差，保安队的弟兄们没有什么事。他们除了把两挺水机关扛到大淖边突突地打两梭（把淖岸上的泥土打得簌簌地往下掉），平常是难得出操、打野外的。使人们感觉到这营把人的存在的，是这十二个号兵早晚练号。早晨八九点钟，下午四五点钟，他们就到大淖边来了。先是拔长音，然后各自吹几段，最后是合吹进行曲、三环号（他们吹三环号只是吹着玩，因为从来没有接受检阅的时候）。吹完号，就解散，想干什么干什么。有的，就轻手轻脚，走进一家的门外，咳嗽一声，随着，走了进去，门就关起来了。

这些号兵大都衣着整齐，干净爱俏。他们除了吹吹号，整天无事干，有的是闲空。他们的钱来得容易，——饷钱倒不多，但每次下乡，总有犒赏；有时与土匪遭遇，双方谈条件，也常从对方手中得到一笔钱，手面很大方，花钱不在乎。他们是保护地方绅商的军人，身后有靠山，即或出一点什么事，谁也无奈他何。因此，这些大爷就觉得不风流风流，实在对不起自己，也辜负了别人。

十二个号兵，有一个号长，姓刘，大家都叫他刘号长。这刘号长前后跟大淖几家的媳妇都很熟。

拨开巧云家的门的，就是这个号长！

号长走的时候留下十块钱。

这种事在大淖不是第一次发生。巧云的残废爹当时就知道了。他拿着这十块钱，只是长长地叹了一口气。邻居们知道了，姑娘、媳妇并未多议论,只骂了一句:"这个该死的!"

巧云破了身子,她没有淌眼泪,更没有想到跳到淖里淹死。人生在世,总有这么一遭!只是为什么是这个人?真不该是这个人!怎么办?拿把菜刀杀了他?放火烧了炼阳观?不行!她还有个残废爹。她怔怔地坐在床上,心里乱糟糟的。她想起该起来烧早饭了。她还得结网,织席,还得上街。她想起小时候上人家看新娘子,新娘子穿了一双粉红的缎子花鞋。她想起她的远在天边的妈。她记不得妈的样子,只记得妈用一个筷子头蘸了胭脂给她点了一点眉心红。她拿起镜子照照,她好像第一次看清楚自己的模样。她想起十一子给她吮手指上的血,这血一定是咸的。她觉得对不起十一子,好像自己做错了什么事。她非常失悔:没有把自己给了十一子!

她的这个念头越来越强烈。这个号长来一次,她的念头就更强烈一分。

水上保安队又下乡了。

一天,巧云找到十一子,说:"晚上你到大淖东边来,我有话跟你说。"

十一子到了淖边。巧云踏在一只"鸭撇上"上(放鸭子用的小船,极小,仅容一人。这是一只公船,平常就拴在淖边。大淖人谁都可以撑着它到沙洲上挑蒌蒿,割茅草,捡野鸭蛋),把蒿子一点,撑向淖中央的沙洲,对十一子说:"你来!"

过了一会,十一子泅水到了沙洲上。

他们在沙洲的茅草丛里一直待到月到中天。

月亮真好啊！

六

十一子和巧云的事，师兄们都知道，只瞒着老锡匠一个人。他们偷偷地给他留着门，在门窝子里倒了水（这样推门进来没有声音）。十一子常常到天快亮的时候才回来。有一天，又是这时候才推开门。刚刚要钻被窝，听见老锡匠说：

"你不要命啦！"

这种事情怎么瞒得住人呢？终于，传到刘号长的耳朵里。其实没有人跟他嚼舌头，刘号长自己还不知道？巧云看见他都讨厌，她的全身都是冷淡的。刘号长咽不下这口气。本来，他跟巧云又没有拜过堂，完过花烛，闲花野草，断了就断了。可是一个小锡匠，夺走了他的人，这丢了当兵的脸。太岁头上动土，这还行！这种事从来没有发生过。连保安队的弟兄也都觉得面上无光，在人前矬了一截。他是只许自己在别人头上拉屎撒尿，不许别人在他脸上溅一星唾沫。若是闭着眼过去，往后，保安队的人还混不混了？

有一天，天还没亮，刘号长带了几个弟兄，踢开巧云家的门，从被窝里拉起了小锡匠，把他捆了起来。把黄海蛟、巧云的手脚也都捆了，怕他们去叫人。

他们把小锡匠弄到泰山庙后面的坟地里，一人一根棍子，搂头盖脸地打他。

他们要小锡匠卷铺盖走人，回他的兴化，不许再留在大淖。

小锡匠不说话。

他们要小锡匠答应不再走进黄家的门，不挨巧云的身子。小锡匠还是不说话。

他们要小锡匠告一声饶，认一个错。

小锡匠的牙咬得紧紧的。

小锡匠的硬铮把这些向来是横着膀子走路的家伙惹怒了，"你这样硬！打不死你！"——"打"，七八根棍子风一样、雨一样打在小锡匠的身子。

小锡匠被他们打死了。

锡匠们听说十一子被保安队的人绑走了，他们四处找，找到了泰山庙。

老锡匠用手一探，十一子还有一丝悠悠气。老锡匠叫人赶紧去找陈年的尿桶。他经验过这种事，打死的人，只有喝了从桶里刮出来的尿碱，才有救。

十一子的牙关咬得很紧，灌不进去。

巧云捧了一碗尿碱汤，在十一子的耳边说："十一子，十一子，你喝了！"

十一子微微听见一点声音，他睁了睁眼。巧云把一碗尿碱汤灌进了十一子的喉咙。

不知道为什么，她自己也尝了一口。

锡匠们摘了一块门板，把十一子放在门板上，往家里抬。

他们抬着十一子，到了大淖东头，还要往西走。巧云拦住了：

"不要。抬到我家里。"

老锡匠点点头。

巧云把屋里存着的渔网和芦席都拿到街上卖了，买了七厘散，医治十一子身子里的瘀血。

东头的几家大娘、大婶杀了下蛋的老母鸡，给巧云送来了。

锡匠们凑了钱，买了人参，熬了参汤。

挑夫，锡匠，姑娘，媳妇，川流不息地来看望十一子。他们把平时在辛苦而单调的生活中不常表现的热情和好心都拿出来了。他们觉得十一子和巧云做的事都很应该，很对。大淖出了这样一对年轻人，使他们觉得骄傲。大家的心喜洋洋，热乎乎的，好像在过年。

刘号长打了人，不敢再露面。他那几个弟兄也都躲在保安队的队部里不出来。保安队的门口加了双岗。这些好汉原来都是一窝"草鸡"！

锡匠们开了会。他们向县政府递了呈子，要求保安队把姓刘的交出来。

县政府没有答复。

锡匠们上街游行。这个游行队伍是很多人从未见过的。没有旗子，没有标语，就是二十来个锡匠挑着二十来副锡匠担子，在全城的大街上慢慢地走。这是个沉默的队伍，但是非常严肃。他们表现出不可侵犯的威严和不可动摇的决心。这个带有中世纪行帮色彩的游行队伍十分动人。

游行继续了三天。

第三天,他们举行了"顶香请愿"。二十来个锡匠,在县政府照壁前坐着,每人头上用木盘顶着一炉炽旺的香。这是一个古老的风俗:民有沉冤,官不受理,被逼急了的百姓可以用香火把县大堂烧了,据说这不算犯法。

这条规矩不载于《六法全书》,现在不是大清国,县政府可以不理会这种"陋习"。但是这些锡匠是横了心的,他们当真干起来,后果是严重的。县长邀请县里的绅商商议,一致认为这件事不能再不管。于是由商会会长出面,约请了有关的人:一个承审——作为县长代表,保安队的副官,老锡匠和另外两个年长的锡匠,还有代表挑夫的黄海龙,四邻见证,——卖眼镜的宝应人,卖天竺筷的杭州人,在一家大茶馆里举行会谈,来"了"这件事。

会谈的结果是:小锡匠养伤的药钱由保安队负担(实际是商会拿钱),刘号长驱逐出境。由刘号长画押具结。老锡匠觉得这样就给锡匠和挑夫都挣了面子,可以见好就收了。只是要求在刘某人的具结上写上一条:如果他再踏进县城一步,任凭老锡匠一个人把他收拾了!

过了两天,刘号长就由两个弟兄持枪护送,悄悄地走了。他被调到三垛去当了税警。

十一子能进一点饮食,能说话了。巧云问他:

"他们打你,你只要说不再进我家的门,就不打你了,你就不会吃这样大的苦了。你为什么不说?"

"你要我说么?"

"不要。"

"我知道你不要。"

"你值么?"

"我值。"

"十一子,你真好!我喜欢你!你快点好。"

"你亲我一下,我就好得快。"

"好,亲你!"

巧云一家有了三张嘴。两个男的不能挣钱,但要吃饭。大淖东头的人家就没有积蓄,也没有什么东西可以变卖典押。结渔网,打芦席,都不能当时见钱。十一子的伤一时半会不会好,日子长了,怎么过呢?巧云没有经过太多考虑,把爹用过的箩筐找出来,磕磕尘土,就去挑担挣"活钱"去了。姑娘媳妇都很佩服她。起初她们怕她挑不惯,后来看她脚下很快,很匀,也就放心了。从此,巧云就和邻居的姑娘媳妇在一起,挑着紫红的荸荠、碧绿的菱角、雪白的连枝藕,风摆柳似地穿街过市,发髻的一侧插着大红花。她的眼睛还是那么亮,长睫毛忽扇忽扇的。但是眼神显得更深沉,更坚定了。她从一个姑娘变成了一个很能干的小媳妇。

十一子的伤会好么?

会。

当然会!

    一九八一年二月四日,旧历大年三十
    载一九八一年第四期《北京文学》

林斤澜的矮凳桥[①]

林斤澜回温州住了一段,回到北京,写出了一系列关于矮凳桥的小说。他回温州,回北京,都是回。这些小说陆续发表后,有些篇我读过。读得漫不经心。我觉得不大看得明白,也没有读出好来。去年十月,我下决心,推开别的事,集中精力,读斤澜的小说,读了四天。苏东坡说他读贾岛的诗,"初如食小鱼,所得不偿劳"。读斤澜的小说,有点像这样:费事。读到第四天,我好像有点明白了。而且也读出好来了。不过叫我写评论,还是没有把握。我很佩服评论家,觉得他们都是胆子很大的人。他们能把一个作家的作品分析得头头是道,说得作家自己目瞪口呆。我有时有点怀疑。子非鱼,安知鱼之乐。你没有钻到人家肚子里去,

---

① 本篇原载1987年1月31日《文艺报》,又载《评论选刊》1987年第四期、《新华文摘》1987年第四期;初收《晚翠文谈》,浙江文艺出版社,1988年3月。

怎么知道人家的作品就是怎么怎么回事呢？我看只能抓到一点，就说一点。言谈微中，就算不错。

林斤澜的桥

矮凳桥到底是什么样子？搞不清楚。苏南有些地方把小板凳叫做矮凳。我的家乡有烧火凳，是简陋的长凳而矮脚的。我觉得矮凳桥大概像烧火凳。然而是砖桥还是石桥，不清楚。——不会是木板桥，因为桥旁可以刻字。这都没有关系。

舍渥德·安德生写了一系列关于温涅斯堡的小说。据说温涅斯堡是没有的，这是安德生自己想出来的，造出来的。林斤澜的矮凳桥也有点是这样。矮凳桥可能有这么一个地方，有一点影子，但未必像斤澜所写的一样。斤澜把他自己的生活阅历倾入了这个地方，造了一座桥，一个小镇。斤澜在北京住了三十多年，对北京、特别是北京郊区相当熟悉。"文化大革命"以前他写过不少表现"社会主义新人"的小说，红了一阵。但是我总觉得那个时候，相当多的作家，都有点像是说着别人的话，用别人也用的方法写作。斤澜只是写得新鲜一点，聪明一点，俏皮一点。我们都好像在"为人作客"。这回，我觉得斤澜找到了老家。林斤澜有了自己的思想，自己的感情，自己的语言，自己的叙述方式，于是有了真正的林斤澜的小说。每一个作家都应当找到自己的老家，有自己的矮凳桥。

斤澜的老家在温州，他写的是温州。但是他写的不是乡土文学。乡土文学是一个恍恍惚惚的概念。但是目前某些标榜乡土文学的同志,他们在心目中排斥的实际上是两种东西,一是哲学意蕴,一是现代意识。林斤澜不是这样。

林斤澜对他想出来的矮凳桥是很熟悉的。过去、现在都很熟悉。他没有写一部矮凳桥的编年史。他把矮凳桥零切了。这样的写法有它的方便处。他可以从不同角度来审视。横写、竖写都行。他对矮凳桥的男女老少可以呼之即来,挥之则去。需要有人写几个字,随时拉出了袁相舟;需要来一碗鱼丸面,就把溪鳗提了出来。而且这个矮凳桥是活的。矮凳桥还会存在下去,笑翼、笑耳、笑杉都会有她们的未来。官不知会"娶"进一个什么样的后生。这样,林斤澜的矮凳桥可以源源不竭地写下去。这是个巧法子。

幔

"世界好比叫幔幔着,千奇百怪,你当是看清了,其实雾腾腾……"(《小贩们》)。

幔就是雾。温州人叫"幔",贵州人叫"罩子",——"今天下罩子",意思都差不多。北京人说人说话东一句西一句,摸不清头绪,云里雾里的,写成文章,说是"云山雾沼"。照我看,其实应该写成"云苫雾罩"。林斤澜的小说正是这样:云苫雾罩。看不明白。

看不明白有两方面的原因。

一个是作者自己就不明白。斤澜在南京曾说:"我自己都不明白,怎么能让你明白呢?"斤澜说:"比如李地,她的一生,她一生的意义,我就不明白。"我当时在旁边,说:"我倒明白。这就是一个人不明白的一生。"有的作家自以为对生活已经吃透,什么事都明白,他可以把一个人的一生,来龙去脉,前因后果,源源本本地告诉读者,而且还能清清楚楚地告诉你一大篇生活的道理。其实人为什么活着,是怎么活过来的,真不是那样容易明白的。"君子于其所不知,盖阙如也",只能是这样。这是老实态度。不明白,想弄明白。作者在想,读者也随之而在想。这个作品就有点想头。

另一方面,是作者故意不让读者明白。作者写的是什么,他心里是明白的,但是说得闪烁其辞,含糊其辞,扑朔迷离,云苫雾罩。比如《溪鳗》,还有《李地》里的《爱》,到底说的是什么?

在林斤澜作品讨论会上,有两位青年评论家指出:这里写的是性。我完全同意他们的说法。

写性,有几种方法。一种是赤裸裸地描写性行为,往丑里写。一种办法是避开正面描写,用隐喻,目的是引起读者对于性行为的诗意的、美的联想。孙犁写的一个碧绿的蝈蝈爬在白色的瓠子花上,就用的是这种办法。还有一种办法,就是林斤澜所用的办法,是把性象征化起来。他写得好像全然与性无关,但是读起来又会引起读者隐隐约约的生理感觉。

林斤澜屡次写鱼。鳗、泥鳅。闻一多先生曾著文指出:中国从《诗经》到现代民歌里的"鱼"都是"廋辞"。"鱼水交欢"嘛。不但是鱼，水，也是性的廋辞。

"袁相舟端着杯子，转脸去看窗外，那汪汪溪水漾漾流过晒烫了的石头滩，好象抚摸亲人的热身子。到了吊脚楼下边，再过去一点，进了桥洞。在桥洞那里不老实起来，撒点娇，抱点怨，发点梦呓似的呜噜呜噜……"（《溪鳗》）。这写的是什么？

《爱》写得更为露骨：

"三更半夜糊里糊涂，有一个什么——说不清是什么压到身上，想叫，叫不出声音。觉得滑溜溜的在身上又扭又裹裹的，手脚也动不得。仿佛'裹'到自己身体里去了。自己的身体也滑溜了，接着，软瘫热化了。"

《溪鳗》最后写那个男人瘫痪了，这说的是什么？说的是性的枯萎。

《溪鳗》的情况更复杂一些。这篇小说同时存在两个主题，性主题和道德主题。溪鳗最后把一个瘫痪男人养在家里，伺候他，这是一种心甘情愿也心安理得的牺牲，一种东方式的道德的自我完成。既是高贵的，又是悲剧性的。这两个主题交织在一起。性和道德的关系，这是一个既复杂而又深邃的问题。这个问题还很少有作家碰过。

这个问题林斤澜也还没有弄明白，他也还在想。弄明白了，就没有什么意思了。有意思的不是明白，是想。弄明白，是心理学家的事；想，是作家的事。

斤澜的小说一下子看不明白，让人觉得陌生。这是他有意为之的。他就是要叫读者陌生，不希望似曾相识。这种作法不但是出于苦心，而且确实是"孤诣"。

使读者陌生，很大程度上和他的叙述方法有关系。有些篇写得比较平实，近乎常规；有些篇则是反众人之道而行之。他常常是虚则实之，实则虚之；无话则长，有话则短。一般该实写的地方，只是虚虚写过；似该虚写处，又往往写得很翔实。人都是有话则长，无话则短。斤澜常于无话处死乞白咧地说，说了许多闲篇，许多废话；而到了有话（有事，有情节）的地方，三言两语。比如《溪鳗》，"有话"处只在溪鳗收留照料了一个瘫子，但是着墨不多，连溪鳗和这个男人究竟有过什么事都不让人明白（其实稍想一下还不明白么）；但是前面好几页说了鳗鱼的种类，鱼丸面的做法，袁相舟的诗兴大发，怎么想出"鱼非鱼小酒家"的店名……比如《小贩们》，"事儿"只是几个孩子比别的纽扣小贩抢先了一步，在船不靠码头的情况下跳到水里上岸，赶到电镀厂去镀了纽扣；但是前面写了一大堆这几个小贩子和女舵工之间的漫谈，写了幔，写了"火雾"（对于火雾的描写来自斤澜和我们同到吐鲁番看火焰山的印象，这一点我知道），写了三兄弟往北走的故事，写了北方撒尿用棍子敲、打豆浆往绳子上一浇就拎回家去了……这么写，不是喧宾夺主？不。读完全篇，再回过头来看看，就会觉得前面的闲文都是必要的，有用的。《溪鳗》没有那些云苫雾罩的，不着边际的闲文，就无法知道这篇小说究竟说的是什么。花非花，鱼非鱼，人非人，性非性。或者可以反过来：人是人，性是性。袁相舟的诗："今日春梦非春时"，实在是点了这篇小说的题。《小贩们》如果不写这几个孩子的闲谈，不写出他们的活跃的想象，他们对于生活的充满青春气息的情趣，就无法了解他们脱了鞋袜跳到冰冷的水里的劲儿是从哪里来的，他们就成了心灵手快的名副其实的小商贩，他们就俗了，不可爱了。

"无话则长，有话则短"，这个话我当面跟斤澜说过。他承认了。拆穿了西洋景，有点煞风景，他倒还没有不高兴。他说："有话的地方，大家都可以说，我就少说一点；没有话的地方，别人不说，我就多说说。"

斤澜是很讲究结构的。我曾在一篇文章里写过：小说结构的特点是"随便"。斤澜很不以为然。后来我在前面加了一句状语：苦心经营的随便，他算是拟予同意了。其实林斤澜的小说结构的精义，我看也只有一句：打破结构的常规。

斤澜近年小说还有一个特点，是搞文字游戏。"文字游戏"大家都以为是一个贬辞。为什么是贬辞呢？没有道理。斤澜常常凭借语言来构思。一句什么好的话，在他琢磨一团生活的时候，老是在他的思维里闪动，这句话推动着他，怂恿着他，蛊惑着他，他就由着这句话把自己飘浮起来，一篇小说终于受孕、成形了。蚱蜢舟、蚱蜢周、做蚱蜢舟的木匠姓周、老蚱蜢周、小蚱蜢周、李清照的"只恐双溪蚱蜢舟，载不动许多愁"……

这许多音同形似的字儿老是在他面前晃,于是这篇小说就有了一种特殊的音响和色调。他构思的契机,我看很可能就是李清照的词。《溪鳗》的契机大概就是白居易的诗:花非花,雾非雾。这篇小说写得特别迷离,整个调子就是受了白居易的诗的暗示。白居易的"花非花,雾非雾"是一个到现在还没有解破的谜,《溪鳗》也好像是一个谜。

林斤澜把小说语言的作用提到很多人所未意识到的高度。写小说,就是写语言。

人

我这样说,不是说林斤澜是一个形式主义者。矮凳桥系列小说有没有一个贯串性的主题?我以为是有的。那就是:"人。"或者:人的价值。这其实是一个大家都用的,并不新鲜的主题。不过林斤澜把它具体到一点:"皮实"。什么是"皮实"?斤澜解释得清楚,就是生命的韧性。

"石头缝里钻出一点绿来,那里有土吗?只能说落下点灰尘。有水吗?下雨湿一湿,风吹吹就干了。谁也不相信,谁也不知觉,这样的不幸,怎么会钻出一片两片绿叶,又钻出紫色的又朴素又新鲜的花朵。人惊叫道:'皮实。'单单活着不算数,还活出花朵叫世界看看,这是'皮实'的极致。"——《舴艋舟》。

他们当中有人意识到,并且努力要实证自己的存在的价值的。车钻冒着危险"破"掉矮凳桥下"碧沃"两个字,"什么也不为,就为叫大家晓得晓得我。"笑杉在坎肩上钉了大家都没有的古式的铜扣子,徜徉过市,又要一锤砸毁了,也是"我什么也不为,就为叫你们晓得晓得我。"有些人并不那样意识到自己的价值,但是她们各各儿用自己的所作所为证实了自己的价值,如溪鳗,如李地。

李地是一位母亲的形象。《惊》是一篇带有寓言性质的小说。很平淡,但是发人深思。当一群人因为莫须有的尾巴无故自惊,炸了营的时候,李地能够比较镇静。她并没有泰然自若,极其理智,但是她慌乱得不那么厉害,清醒得比较早。她所以能这样,是因为她经历的忧患较多,有一点曾经沧海了。这点相对的镇静是美丽的。长期的动乱,造就了这样一位沉着的母亲。李地到供销社卖了一个鸡蛋,六分钱。她胸有成竹地花了这六分钱:两分盐;两分线——一分黑线一分白线;一分石笔;一分冰糖(冰糖是给笑翼买的)。这本是很悲惨的事(林斤澜在小说一开头就提明这是六十年代初期的故事,我们都是从六十年代初期活过来的人,知道那年代是怎么回事),但是林斤澜没有把这件事写得很悲惨,李地也没有觉得悲惨。她计划着这六分钱,似乎觉得很有意思。这一分冰糖让她快乐。这就是"皮实"。能够度过困苦的、卑微的生活,这还不算,能于困苦卑微的生活觉得快乐,在没有意思的生活中觉出生活的意思,这才是真真的"皮实",这才是生命的韧性。矮凳桥是不幸的。中国是不幸的。但是林斤澜并没有用一种悲怆的或是嘲弄的感情来看矮凳桥，我们时时从林斤澜的眼睛里看到一点温暖的微笑。林斤澜你笑什么？因为他看到绿叶，看到一朵一朵朴素的紫色的小花，看到了"皮实"，看到了生命的韧性。"皮实"是我们这个民族的普遍的品德。林斤澜对我们的民族是肯定的，有信心的。因此我说：《矮凳桥》是爱国主义的作品。——爱国主义不等于就是打鬼子！

林斤澜写人，已经超越了"性格"。他不大写一般意义上的、外部的性格。他甚至连人的外貌都写得很少，几笔。他写的是人的内在的东西，人的气质，人的"品"。得其精而遗其粗。他不是写人，写的是一首一首的诗。溪鳗、李地、笑翼、笑耳、笑杉……都是诗，朴素无华的，淡紫色的诗。

涩

斤澜的语言原来并不是这样的。他的语言原来以北京话为基础（写的是京郊），流畅，轻快，跳跃，有点法国式的俏皮。我觉得他不但受了老舍，还受了李健吾的影响。后来他改了，变得涩起来，大概是觉得北京话用得太多，有点"贫"。《矮凳桥》则是基本上用了温州方言。这是很自然的，因为写的是温州的事。斤澜有一个很大的优势，他一直能说很地道的温州话。一个人的"母舌"总会或多或少地存在在他的作品里的。

在方言的基础上调理自己的文学语言，是八十年代相当多的作家清楚地意识到的。语言是一种文化现象。语言的背景是文化。一个作家对传统文化和某一特定地区的文化了解得愈深切，他的语言便愈有特点。所谓语言有味、无味，其实是说这种语言有没有文化（这跟读书多少没有直接的关系。有人读书甚多，条理清楚，仍然一辈子语言无味）。每一种方言都有特殊的表现力，特殊的美。这种美不是另一种方言所能代替，更不是"普通话"所能代替的。"普通话"是语言的最大公约数，是没有性格的。斤澜不但能说温州话，且能深知温州话的美。他把温州话熔入文学语言，我以为是成功的。但也带来一定的麻烦，即一般读者读起来费事。斤澜的语言越来越涩了。我觉得斤澜不妨把他的语言稍为往回拉一点，更顺一点。这样会使读者觉得更亲切。顺和涩我觉得是可以统一起来的。斤澜有意使读者陌生，但还不是拒人于千里之外。陌生与亲切也是可以统一起来的。让读者觉得更亲切一些，不好么？

董解元云："冷淡清虚最难做。"斤澜珍重！

一九八七年一月九日